苦悩の始まり

Sony Labou Tansi

Le Commencement des Douleurs

ソニー・ラブ＝タンシ
樋口裕一・北川正 訳

新評論

Sony Labou Tansi
LE COMMENCEMENT DES DOULEURS

This book is published in Japan
by arrangement with les Editions du Seuil, Paris,
through le Bureau des Copyrights Français, Tokyo.

恐怖の地理学者たちと闘ったモニック・ジャンに
わたしの暮らしむきを改善しようとして亡くなった父に
ジルとクロードとマチュウに
ルイ・バディラもA・マッサンバ＝デバも忘れない

本文挿絵　北川　正

苦悩の始まり……もくじ

苦悩の始まり

誰にも見られてないと、彼らは思うのだろうか（『コーラン』）

神よ、どうしてわたしをお見捨てになったのですか（『詩篇』XXII）

天空の大穴

一切合切が一つのキスから始まった。不幸なキス、悪魔のキス、口臭のするキスから。歴史に五世紀を盗み取られたおれたちは、どんなことでも考えられたし、どんなことでも思い描けた。しかし、今度ばかりは、誰一人わが目とわが耳を信じたくなかった。いやはや、何たることだ！　恋はあまりに切なく、天気はあまりに生暖かく、状況はしみったれすぎているように思われた。

オンド゠ノート。ブーゲンビレアのなかにちぢこまっている小さな部落。誇張しているわけじゃない。総勢二千人。ヴァマ゠アッサ岬と向き合い、赤い石に埋まったうらぶれた町。荒れ狂う大西洋とウアンゴの触手のように広がる濁流に挟まれた、まさに世界のケツの穴としか言いようのない部落だ。ともあれ、朽ちかけ錆びついた空の二カ所が、乱層雲のどこまでも続く梁と梁の間で激しい熱を発している。北側では、角ばって青みがかった玄武岩が、先史時代の亡霊の歌を奏でながら海を見つめている。

キスのせいで、神々の動き、そう、天国と地獄の神々の動きが止まっていた。キスがおれたちのしきたりを根こそぎにし、理性に亀裂を走らせ、慣習をずたずたにし、おれたちの生活の基盤そのものを打ち砕いてしまったのだ。こんなことになるなんて、何という恥辱だ！　墓のなかで死者たちの苛立つ音が聞こえる。時間さえもが大失策をしでかしていたのだ！　ナッサマル・ディマはこんな予言をしていたのだから。

「オンド＝ノートの衆、運命にあざ笑われぬよう気をつけられよ！」

しかし、そう言われても、ひねくれ者のおれたちは、歯を剝き出して笑い出すばかりだった。そして、悪運を祓うため、オンド＝ノートの不可侵の掟にしたがい、オスカル・アナに対しておふざけの訴訟を起こそうと満場一致で決めてしまったのだ。


オスカル・アナは錯乱するばかりで、キスについてはひと言もふれないまま、宙に向かって偏執狂のような仕種をしていた。オスカル・アナはここで尊敬を失うとどうなってしまうか気にするあまり発狂したに相違ない、と思っておれたちは笑いをこらえた。部落では、名誉にかかわる問題や厄介ごとは、大昔から手加減されなかった。オスカル・アナは疲れきり、汗だくになって、判事に答えようと口を開けた。判事たちは、バルマイヨの赤で身を包み、オンド＝ノートの象徴である七つの香を体にふりかけ、戦争犯罪人を恐怖で縮みあがらせるための総毛のついた革命帽子を自慢げにかぶっていた。だが、オスカル・アナはしどろもどろだった。まるで、知恵遅れのお喋りのように、科学用語やら何やらがごたまぜになっていた。

「みなさん、よろしいか、そのうち空に大穴があく。ヴァンボの真上に大穴があく。直径が何キロもある穴だ。アンガモンダの赤に変わる前に死んだ石炭のような黒い穴だ。大地は、初夜の床の新妻のようにいきり立ち、うめきはじめるじゃろう」

オスカル・アナのこんな言動に接するうちに、冗談で弁護士を引き受けただけのブリュイエルド師が発言を求めた。そして、被告は動転しており、オボモンゴ島生まれの人にありがちな、あの途轍もない恐怖にかられての発狂だから、まともな理性はもう取り戻せまい、と説明した。それから、被告が支離滅裂なことを口走る権利と許可を認めてほしいと述べた。たしかに被告は饒舌だけれど、心にふれる話も少なくない、と付け添えることも忘れなかった。

だからおれたちは、何時間もの間、オスカル・アナが十七もの死神にでもとり憑かれたかのように、玉のような汗をかきかき、トランス状態で物語る寓話に聞き入ったのだ。きれいどころに下腹部を見せてあげるわ、と言われたときのおれたちオンド＝ノートの男衆と同じくらい熱心に、オスカル・アナは無駄口をたたき続けた。彼の支離滅裂なお喋りは、誰も制することができなかった。

一方、検事は、慣例どおり敬意をもってオスカル・アナを裁くつもりではあるが、このおふざけの裁判所においては、事件にふさわしい断固たる態度をとる所存だ、と言い放った。

「いいですかな、当裁判所は常軌を逸したキス、遺憾なことに、九歳にも満たぬ少女を襲った不幸な愛撫に関して、オスカル・アナを裁いておるのですぞ」

建築家クロードが手がけたコンクリート製の樹の下にある討議場で、凄まじい裁判が三週間続いた。この建物は、大胆な丸天井と、のびあがるオジーヴと、いくつもの噴出物の混合であり、鉄屑と銅とモルタルの混合であり、昨日と明日の結婚であり、まさしく時間の橋の上での情事が投影された決定的作品なのだ。この裁判所は、オンド＝ノートが明確に知っているただ一つのこと、すなわち、おれたちは歴史に五世紀を盗み取られたという言葉を声高に繰り返していた。

それは、もったいぶった舌戦と罵詈雑言が入り乱れる言葉の射精の三週間だった。罵りと悪態とわめき声の三週間。狂った情念の前代未聞の演説マラソンの三週間。

判事と弁護士のあとに、地元の賢者たちにも発言してもらうことになった。三日三晩討議したのち、強姦未遂のかどで終身刑に服するか、それともちょっと我慢してこの少女と結婚するか、そのどちらかを愛撫の偽造者たるオスカル・アナに選ぶよう、彼らは命じた。彼らには、オスカル・アナの行動が運命と戯れる気違い沙汰としか思えなかったのだ。

だが、オスカル・アナは、賢者たちがどんな判決を出すかなどおかまいなしに、空に穴があくぞ、と警告を発し続けた。こうして傾聴する人々には、黙示録が哀れなおれたちの頭上で怒りを蓄積している、と彼は話してきかせた。おれたちは、この戯言を聞くうちに、偽の愛撫を裁く偽の法廷の大混乱のせいで、オスカル・アナにもついに甘美なる狂気が芽生えたんだと思った。いや、そもそもオスカル・アナは、十二歳から十五歳の頃に、もう狂気の兆しをいくつか見せていたではないか。

「空の大穴はトンバルバイエでも見えるようになる。ヴァルターノからも見えるようになる。そのあとは、もっと小さくてもっと赤い穴がいくつか、物凄い爆発を起こすじゃろう。それから、恐怖はカルマイヨの方へ向かう。コスト＝ノルダまで揺り動かされることになるだろう」

愛撫事件の最終弁論のためにおふざけの誓約が行われたときも、オスカル・アナはくどい話を始めた。突拍子もないうわっついた話や、金槌のパンフレットの話をしたが、ただ一人の例外であるパスカル・マラ婆さんのほかには、誰も耳を貸そうとしなかった。被告の母方の叔母であるこのパスカル・マラ婆さんは、甥と同じように気がふれており、しかもそのうえ、更年期障害で体調がすぐれなかった。可哀相なパスカル・マラ婆さんは、精神分裂病が回復しないまま、朝から晩まで獣のように吠えたて、前代未聞の狂言やら、争いに満ちた伝記を語り続けた。そのパスカル・マラが、裁判所で発言を求めた。彼女の喋ることは何もかも、娘時代オンド＝ノートで命名されたファースト・ネーム〈マストドント〉にふさわしい内容だった。

「オスカル・アナの言うことを無視しちゃなんねえ」と、マストドントは言った。「あの子は、母ちゃんのおなかのなかにいるときから、黒い穴のことを口にしてたんだからな」

賢者たちの長老ネルテ・パンドゥーは、この言葉を聞いて、「地理というものは、歴史を生み出すものじゃな」と、笑いながら言った。「オスカル・アナ、おぬしはトンバルバイエに生まれるべきじゃった。あそこの住民は、自分たちが世界の腹だと思い込むほど愚かだからのう」

おれたちは、神と悪魔に選ばれた古い歴史のある民族だ。毎朝眠りから覚めると、おれたちは、禊《みそ》ぎをする前に、まずはヴァンボ沖の島の数を数える。そして、ソリチュード島とペイーヤ島が夜の間に動かずにいたことを、それからパスゴラ島とマスガパ島もまだあるべき場所にあり、ヨンド島もヨンド島のままだということを確認する。島の数を数えおえたら、おれたちは死者への祈りを捧げに、ぴったり並んでカラウンガに登る。カラウンガというのは、昔の言葉で「頭蓋骨の丘」という意味だ。こう呼ばれるようになったのは、かつて、この場所で、先祖が大地に額づき、神に幻滅を語り、カラウンガのクッサの岩の上で、群れのなかでいちばん立派な獣を生贄に捧げ、まっすぐに太陽を見つめたためなのだ。

オンド＝ノートで暮らす白人はそれほど数が多くはなかったが、そのほとんどはスペイン人とポルトガル人だった。彼らも今ではおれたちのしきたりや風習を身につけていた。みんな、おれたちの古くからの言葉を喋って、若さを保つ効果があるというのでカウラの葉っぱを食べるようになっていた。彼らのなかには、リビアやレバノンの商人に古着を転売して金をため込んだ者も多かった。儲けた金で、リュウゼツランとピノ＝サダービという葡萄の木を買いつけるのだ。最初、カタラクト台地の斜面にカベルネ種を取り入れてみたが、うまく育たず、その後ピノ＝サダービに切り換えた。こんなふうに、嘘のキスをやりはじめた頃までは、白人とおれたち黒人は平和に暮らしていたのだ。ロシアやルーマニアから軍の鉄屑を買いつけようなどとは思ってもみなかった。そんなことは隣国コスト＝ノルダの奴らに任せておけ、とおれたちは誓い合っていたのだ。

ところが、あのキス騒動だ！　呪詛の色に染まった森のなかでのキス、もぐりでそっと行われた脈絡のないキス。一万二千年前から古い習慣どおりになされてきた母親のようなキス。だからこそ、そのときも、まさにこの習慣が生まれた遠い夜そのままに、斜めからのキスだったのだ。この上なく繊細に、かつ恭しく唇は触れあった。そのキスのあいだは、視線を移動させてはならず、唾を味わってもならぬと決まっていた。部族の剣に記され、世代から世代へと伝わってきたキス。五百の家系の娘たちの唇についたミルクを拭うためのぎこちないキス。

ところが、そのキスが知らぬまに破局の様相を帯びていた。キスは口を押しつぶし、運命を混乱させ、恐ろしい悲劇のバネというバネを弾ませはじめた。キスの一件が起こる前のおれたちといえば、ヤマイモを食い、年一回、ニシンダマシ祭やら、カモ狩りやら、十二月二十六日の乱痴気パーティーをやらかすだけのありふれた民族でしかなかった。晩課のときに、まじまじと太陽を見つめるというあの古い奇習を脊柱にしているだけの民族だった。おれたちは、もともと海よりも空の神秘に重きを置いていたのだ。大地にはあまり関心を抱かず、ただ大地自身が教えてくれようとするものをヴァンガ丘の叫びのなかに捉えていたにすぎない。オルザラ岬が予言の火を吐くのは、言葉にできない意味をおれたちに教えてくれるためでしかなかった。

おふざけのキスが始まってすぐだったら、おれたちだって何が起ころうとしているのかをすぐに察知して、被害を最小限度にくい止める準備をし、嘘の運命の舵取りをして、捉えがたきものの猛威を回避することもできたかもしれない。何しろ、おれたちには、多くのことが言い伝えられているのだ。おれたちは、古い歴史をもつ民族だ。これまでにも、一万二千年の歴史が大昔からあれこれと予言され、それらの予言のうち、いくつかの大事な出来事は数世紀にわたって現実に起こっており、確認されている。ポルトガル人のディエルノ・セヴァンテスが火器と大砲を使っておれたちの口封じをしようとしたときも、空が高く上がって、「オンド＝ノートの衆、気をつけられよ。あのポルトガル人は悪魔の使者だ。奴に魔法をかけるか、お前らが海を飲みほすかだ」と知らせてくれたではないか。それで、おれたちは、ディエルノ・セヴァンテスに魔法をかけたのだ。結局、この男はオンド＝ノートに到着して三年目に脳の病いで世を去った。こうして、空と大西洋はぬかりなく、おれたちが猜疑心を抱くように仕向けてきた。エスチュエールからオンド＝ノート、ガパニザールからコスト＝ノルダへと至る沿岸地方の民であり国民であるおれたちは、大西洋の叫びや空の音や風の変化から、赤い彗星のせいで災禍が起こることも予測した。大被害になるずっと前から、ペストやコレラやトマ・マスーラ病が蔓延することも分かっていた。嵐のような黄色いカモメの襲来のおかげで、オヤ島を奪い取ろうとするポルトガル人の暴挙も数世紀前から予測できていた。空と大西洋は、一二四七年のスペイン人の侵略も知らせてくれた。少しでも運命に異変があれば、おれたちはいつもそれを空や、大地や、石ころや、水のなかに読みとり解読してきたのだ。何ごともいきなり生じるわけではないし、どんなに腹立たしいことでもおれたちの不意をつくことはなかった。おふざけのキスが起こるまでは。

良識と機知の人エスタンゴ・ドゥマは、おれたち民族の行く末に危惧を覚え、こう語った。「運命が、愛撫に乗じて、小屋のなかでわしらの陰口を叩こうとしておる。オンド＝ノートは歴史の戯れの罠に落ちてしまうじゃろう」と。

エスタンゴ・ドゥマと同様、おれたちも危機感を抱いていた。おれたちは、人類の呪われた歴史のなかでも、もっとも戯れることが苦手な集団なのだ。ところが、この世の闇が始まってからというもの、悲惨な災禍や激しい大異変はいつもいつも愛撫がきっかけになっていたではないか。ニシアンコウのキス、モトアナゴのキス、黒い森のキス、蟹のキス、火のキス、涎を垂らした、茂れる森や泥だらけのキス、若い女の下腹を穿つ貧乏人のキス……弓のキス、と枚挙にいとまはない。

不運なオスカル・アナが、高貴な衣装をバラ色の涎で汚しながら、体面をとり繕おうともしないで錯乱し続けている間、キスの呪いから逃れたい一心で、おれたちはサント＝ベアトリス祭を祝った。馬鹿騒ぎにどっぷり漬かって暴飲暴食にふけり、乱痴気パーティーや性の暴発にのめり込んで、のたうちまわっていたのだ。といっても、オンド＝ノートのおれたちが、トンバルバイエ産のパスパロムを吸うことなどあるはずがない。どんなにひどい鞭打ちにあっても、おれたちは威厳と気品を失うことはない。おれたちの卑怯さは人間ゆえの卑怯さであって、それは名誉という高邁な観念のなせるものなのだ。祈りの日には、おれたちは夥しい量のゴナーヴ油やヴァルターノ・ガソリンを燃やす。それこそ、わが民族の秘密であり、毎年五月ヴァンボ沖で実行する奇蹟の漁の秘密なのだ。そして、それこそが、エスチュエールの土手に父たちが残してくれた赤土や、マングウ山の支脈のカセイカリを含有するモアンダの砂が、スキャンダラスなほど肥沃である秘密なのだ。こうして、おれたちの土地は限りなくものを生み出してきたわけだ。

法廷係官が、もし出廷するつもりがあれば五週間以内に控訴し弁論することを許可します、と被告オスカル・アナに伝えた。「わしは誰も殺しちゃおらん」と、オスカル・アナは抗弁した。「わしは、いつもの愛撫をしただけだ。世界の闇が始まって以来、わしらはオンド＝ノートやパヤライゾでもこの愛撫をしてきたはずだ」

「地理が、歴史を生み出すんじゃのう」と、賢者ドゥマは、コーラとヴァルマイヨ葉巻で赤く色づいた歯茎を見せて笑いながら言った。

エスタンゴ・ドゥマの言うとおりだ。イアマの石にくっついた大西洋の雑巾のようなズアルタとヴァルタノの間に点在するあの群島がなかったら、そしてあのマングウ山の支脈と支脈に挟まれたあの四角い空がなかったら、おれたちは別の民族になっていたことだろう。こんな不運に巻き込まれることもなかっただろう。少なくとも、そっと奪われたおふざけのキスと手を組むこともなかっただろう。

キス。まるで、煙草を吸いおえた老人がパイプを床に放り出すみたいに、オスカル・アナがバノス・マヤの唇にした腐ったキス。おれたちが御馳走や安ぴかものが大好きなのも、そのせいなのだ。


十歳にもなれば、女の子は十分に魂の果汁をもっている。だから、どんなに干からびた土地にいても、どんな夢でも芽吹かせられる。というわけで、例の娘も、年頃になれば、街のどこにいてもキスを吐き出すようになるだろう、もう少し時間がたって魅力的な貴公子にでも出会えば、誰にでも抱かれ、両脚を広げてキスを垂れ流すだろう、とおれたちは考えた。だが、その小娘には、女を男以上に傲慢にするしたたかな美しさに加えて、人を見る目と気骨があった。鋼《はがね》のように強靱な性格と、ヴァンボの混血女性に特有のあの精神の独立の兆しを見せていたのだ。

「あの小娘もキスを垂れ流すようになるじゃろうが、女の大事なところはあまり広げることはなかろう」と、賢者エスタンゴ・ドゥマとマルコ・ソラールは思っていた。

ヨンゴロ・モーリス・ヴェマも二人と同意見だった。

「しきたりを守るために嘘のキスをしたからといって、あの小娘が自殺することはあるまい。大麻とリュウゼツラン酒の匂いのする睡眠薬のようなキスごときで」

「それは、ちがうな」と、賢者エスタンゴ・ドゥマは宣誓するかのように言った。「小娘の唾に獣の液汁が混じると、お股が火照ってくるんじゃ」

ああ、だからこそ、あの愛撫が問題なのだ。この世と同じくらい昔から伝わるしきたりに基づくとされているまやかしの愛撫が。そのしきたりのせいで、おれたちオンド＝ノートのうわっついた人間たちは、爺さんと小娘の間で交わされた笑止千万のキスの後始末に、贋の結婚を執り行わねばならぬ羽目に陥っていたのだ。キスが行われたのは、一月のある土曜日の午後の終わりだった。おふざけのキスのはずだったのに、今では、このキスが空と星と月と、沿岸地方のすべての歴史を地面に叩きつけ、四方を突き破って子午線を崩そうとしているのだった。悪魔のキスは、おれたちの町を押しつぶし、神の臓物のなかに悪魔を沈め、山を崩し、海を波立たせ、昼と夜をでこぼこにしていた。ママがするようなキスのはずだったのに、時間とおれたちの生活の基盤を骨折させる傴僂《せむし》のキスになっていた。何もかも、オスカル・アナがバノス・マヤに仕掛けた洪水のような愛撫のせいなのだ。

「あの娘は愛撫を忘れたくないんじゃ」と、オンド＝ノートの偉大な賢者エスタンゴ・ドゥマは言った。「まだあの娘は十二歳にしかならん。もっとゆっくり見守ってやろう」

オスカル・アナは六十に近かったが、まだヴァラの偉大な踊り手によく見られる若さと肉体的な活力を残していた。顔だちには疲れが滲みはじめていたものの、目や物腰にはどことなく気品があった。それだけに、簡単におさまりはつくまいとおれたちは睨んでいた。

「バノス・マヤの家族の名誉を忘れんようにな」と、パオロ・マンガは言った。

「やはりな」と、ヨンゴロ・モーリス・ヴェマが言った。「オンド＝ノートは、世界の闇以来ずっとおふざけのキスをしてきたのだよ」

季節ごとに、おれたちの国は一様の衣を身にまとう。大西洋は、河口を夢中で眺める二つの島をなぜ岬にぶつけて粉砕してしまわなかったのか、そのわけをおれたちに歌って聞かせる。オンド＝ノートは、緑色のスカートをはいて、青い家々の真ん中で陽気に輝く。岩のなかにちぢこまって六月の濃密な光の泡に浸り、歴史と伝説と風聞をむさぼり食っているこの雑食性の国オンド＝ノートを、おれたちは大西洋の魂と呼んでいた。町全体にリュウゼツランと白墨の香りがたちこめる。夜になると、町は世界各国の音楽の雨を降らせる。あらゆる神々から特権を与えられている町オンド＝ノートは、執拗に空を眺めていた。

バノス・マヤは、十八になる日まで、オスカル・アナとのキスについて少しも漏らさなかった。だが、彼女は、インド葉巻の嫌な臭いやら、タマネギやアブサント＝ソダビの臭いに似たリュウゼツランの毒気やら、女特有の自分の体臭と奇妙に混じりあったさかりのついた男の湿った唾やら、荒れ狂う野蛮やら、あの喘ぐような活力やら、毎晩錯乱にかられて眠れなくさせる不可思議な魔法めいた力やらが、唇の上で燃えさかるのを感じる、と洩らすことはあった。それは、性の炎に炙られて荒れ狂う嵐だ。彼女は、呪いの言葉を吐きながらも、生まれたばかりの女の愛液を滲ませた。飢えや渇きとともに、一つの強迫観念が爆発し、彼女の若い魂の縁を狂わせ、夜中に冷たい汗をかかせた。小娘は、真紅の光の降り注ぐガラス張りの部屋で、懸命に自分の存在を訴えながら眠りから覚めるのだ。「ああ、オスカル・アナが好き」。彼女の肉体は、花弁のような唇をひらいて、忘我の歓びに震えていた。欲望の高まりが、心臓をはり裂けんばかりにし、遅咲きの少女の瞳孔を広げるのだった。

おれたちは、名誉を重んじる律儀なオンド＝ノートの民だというのに、たった一つのキスのために呪われてしまったのだ。なぜ、あの気の毒なオスカル・アナを裁きにかけてしまったのだろう？　おれたちには、運命の残忍さを前にしてもついふざけてしまう習癖があったが、おれたちはそのすべての罪まで彼に背負わせてしまったのだ。オンド＝ノートの女たちまで、この上なく残虐にオスカル・アナに襲いかかった。「オスカル・アナはいつものキスに悪魔の味を添えたのさ。いつものキスに、黴の生えた顔のあぶらとヤニだらけの歯の臭いを付け加えたのさ。みっともないねえ！　オスカル・アナは天と地を台無しにしちまったのさ」

そもそも、どこにでも転がっている笑い話なのだ。それなのに、生来の悲劇好きのせいで、おれたちは単なる逸話を乱闘に変えてしまった。

「あの娘が自分と同じ年頃の恋人を見つけさえすりゃいいんだよ。あんなろくでなしとの楽園生活を待ち焦がれるんじゃなくてな」と、パオロ・マンガが言った。

オンド＝ノートの人々がひと息つくには、娘がきっぱりと誘惑はやめると宣言しなくてはならないし、娘がオスカル・アナを呪わなくてはならない。それに、オスカル・アナがしきたりでやった愛撫も呪わなくてはならない。そして、映画や小説のように、彼女は若者らしい恋を歌わなくてはいけないのだ。おれたちはそう確信していたが、時間が迫っていた。

前にも言ったが、オンド＝ノートの白人は、いわゆる実用主義やら唯物主義やら極度の尊大さやらのために、ここに来た最初の二十年でにっちもさっちもいかなくなっていた。娘の父親アルチュール・バノス・マヤは、奇跡的に、ほかの白人とちがって鈍重でもなく、肥満してもおらず、賄賂にたかることもなかった。たしかに、彼の生涯は、プチ・パリ界隈の富豪や中産階級の人々と同じく大宴会の連続だった。が、それでもこの男はおれたちの尊敬と敬意を得ていた。しきたりを心得ていたし、励行してもいたからだ。彼と同程度の階層のスペイン人なら、コンクリート製の石棺のような家に住むところだが、彼はそんなことをするでもなく、名声にふさわしく、ヴァンボの人々の伝統にしたがって装飾や彫刻の入った総黒檀の家を建てていた。丸天井と中庭はトンバルバイエの特産品で作られたもので、その美しい石はトンバルバイエ街道づたいにゴオモ＝ノートの遠い島々から取り寄せたものだった。その建物は、カボラバッサの石の建物にもひけをとらない。さながら、オンド＝バントの勇猛な王たちがヌアムに残した平屋のような量感がある。「寝場所にこそ、その人間の魂の味わいがある」と言われるのが、納得できようというものだ。家の花崗岩の尻を支える巨石は、赤い木蔦の巨大なパンツをはいていた。庭は広大だが、木々が直立不動の姿勢をとっているため、軍隊の愚かしさを思い出させる。そこに生えているのは、自由で誇らかなヒマラヤスギと、セックスの最中の男根のようにそそり立つウルシやマンガリニエだ。だが、この楽園にも、ただ一つちぐはぐなところがあった。バノス氏は、極度の盛りあがりを見せる愛国心の信奉者たちにのせられて、ついついマンサード屋根をバスク地方の色調に染めるべきだと思ってしまったのだ。こうして、富豪バノス氏は、故郷の悪魔にそそのかされて、海の入江に伸びた長細い玄武岩の入口に、飛び込み台付きのプールを拵《しつら》えたのだった。あまりにも悪趣味なので、おれたちはそれを「プエルタ・ド・ラ・ムエルテ」と名づけた。バノス氏は、妻サラ・バノス・マヤの管理する食堂の客だけにこの悪趣味なプールを貸していたが、その妻というのが、おれたちと同じ黒人のくせに魂と心を白人風に改宗しているような女だったのだ。

オスカル・アナが操り人形よろしく少女バノス・マヤの唇にキスをしたのも、もとをただせば、白人男の高飛車な態度や思いあがりもはなはだしい愚行のせいだったのだ。由緒正しき黒人なら、そんな大きなヘマはしでかさない。ああ！　オンド＝ノートの白人よ！

おれたちの言葉で言うところの白インゲンよ。おれたち黒人なら、運命のペチコートをたくし上げて、パスパロム吸引者から巻き上げた金で羽根を見せびらかすようなまねはしやしない。白人どもときたら、星回りが良いせいで腐りきっている。愚かなことをするのは白人なのに、その尻ぬぐいをさせられるのは「地球」全体なのだ。オンド＝ノートの白人は、みんなと同じように飲んだり、食べたり、吐いたりするのでなく、自分はそこいらの人間とはちがうんだと見せつけたがる。奴らが伝統に手を加え、愚劣さを付け足したからこそ、大異変が起きたのだ。愛撫の実践にあたって、自分らの好みを付け加えればうまくいく、と信じこんでいたわけだ。奴らときたら、しきたりの肝心要のところは何も分かってないくせに、ものごとを軽々しく考え、水や天や大地に値札をはろうとするほど無邪気なのだ。老人と九歳の少女との偽りの婚礼を当世風に演出しようとしたばかりに、おふざけの愛撫のしきたりの価値を引き下げてしまった。奴らによれば、こうした模擬行為をすることで、少女は「聖母マリア」の寵愛に恵まれるのだ。こうやって、白人たちは、迷歯類の始原の時以来のしきたりに縞模様を刷り込んだわけだ。だが、それは白人も捨てたものではないと世界に誇示するための作り話でしかない。奴らは、新月の誘惑から娘を守るという口実で、オンド＝ノートをぬかるみに引きずり込んだのだから。

29　天空の大穴

バノス・マヤが夜の天体にとり憑かれないように、当時、おれたちは何カ月もかけて、少女と偽の結婚をしてくれる八十歳のダミーをさがした。娘はそのとき九歳だった。信じられぬほど美しかった。

「そこが厄介なところじゃ」と、しきたりの守護者エスタンゴ・ドゥマが言った。

「そこが厄介なところだな」と、ヨンゴロ・モーリス・ヴェマも言った。

八十歳の男は見つからなかった。バノス家の人々は国中を探しまわった。トンバルバイエやオンソ＝モンダにまで出向いた。だが、打つ手はなかった。老人たちが身を潜めてしまったからだ。アルチュール・バノス・マヤが大金を積んでも、老人たちはみんな口を揃えてこう言い返すのだ。

「いや、あんた、銭に未来は渡せんよ。くわばら、くわばら」

厄介なことになりはじめた。八十歳の男が見つからないので、バノス・マヤ家の人々は、不遜にも、五十六歳の男に、形だけでもいいから老人役を果たしてくれと助けを求めることにした。ところが、自然のほうがおれたちなどよりよほど注意深かった。五十男は、偽りの婚礼の予定日の前日、痔の発作で死んだ。しきたりが存在を示したのだ。死の口を通して、しきたりが存在を示したというわけだ。おれたちは、オンド＝ノートの白人たちを軽蔑していた。ものごとの魂をめちゃくちゃにしてしまうのは白人なのに、臍をかむのはおれたちだからだ。

「そこが厄介なところだ」と、アタマール・サンバは溜め息をついた。

そうして、愛撫のためにさがし出されたのがオスカル・アナだったというわけだ。オスカル・アナは生粋の黒人で、そのうえイスラム教徒だが、母親の影響のせいでカトリック的なところがあり、また父親のために異教徒的なところもあった。その彼が「カース」の本に右手を置いて、先祖と名誉にかけてしきたりの枠を越えないと誓ったときから、まさしくおれたちは厄介を背負い込むことになったのだ。

「もし、しきたりを越えたら、神々に滅ぼされることになろう」

全身全霊を込めてこの誓いが口にされ、エネルギーの中心に据えられた。オスカル・アナは宣誓し、おれたちは耳をつんざくような大喝采を送った。おれたちは、たっぷり一時間、鉄砲を何発も撃ち、踊り歌って、アプサンを浴びるほど飲んだ。

それから、オスカル・アナは、ごつい右手を混血女の可憐な左手の上に差し伸べた。ごつい右手は感動のあまり震え出した。ところが、もう一つの歓びのほうが厄介なことになっていた。おれたちが喝采するなか、不幸な愛撫が少女の唇に触れてまさに溶けようとするとき、オスカル・アナはうっかりと歳月を打ち砕く魔法の言葉を口にすることを忘れ、しきたりを破ってしまったのだ。「マクヴェンダ」と口にすべきだったのに、忘れてしまったのだ。

ちゃんと口にしていれば、聖歌隊が「マクヴィザ」と答えたはずなのだ。「ものごとはかつて存在し、これからも存在するだろう」という意味だ。

それに、しきたりの守護者エスタンゴ・ドゥマに言わせれば、キスが長すぎた。

「オスカル・アナはまるで神々を馬鹿にしているようだったな」と、ヨンゴロ・モーリス・ヴェマは言った。

おれたちはむっとした。娘の穢れなさがつけ込まれて、堕落と肉体的腐敗のきっかけにされてしまったからだ。おれたちは、娘がぐらつき、恐怖にかられ震え出すのを目にした。

「あの娘、気絶しそうじゃないかね」と、ネルテ・パンドゥーは言った。

おれたちは、冒瀆から目を背けて、ゴルザラの石の上でおれたちの可哀相な目と傷ついた意識を休ませた。では、いったいどこのどいつが、オスカル・アナのような惚れっぽい男におふざけの愛撫の儀式をつかさどらせたのか？　オスカル・アナときたら、堕落しきって、変態で、気ちがいで、異教徒で、破廉恥なびっこで、強姦魔で、十六のとき母親とやったというではないか。おれたちは、ヴァンボの赤い石の上で目を癒そうとしたが駄目だった。おれたちの意見をものともせずに、悪魔オスカル・アナのごつい手は少女のペチコートをまさぐりはじめた。あまりの大胆さに、おれたちは呆然とした。

「あの娘、気絶しそうじゃないかね」と、ネルテ・パンドゥーが繰り返した。その間おれたちは怒りと恥ずかしさに震えながら、操り人形のようなオスカル・アナを呪い、彼の穢らわしい母親と狂った父親までも罵倒した。

おれたちは、ヨアニ峡谷の白っぽい肉体を見て、オスカル・アナから視線を遠ざけていた。幾世紀もの年月を経たために皺がより、ずたずたに傷つきながら、大西洋の青さのなかで、明るい壁面を見せて神経質そうに立つ肉体だ。そうなのだ、誰も愛撫の時間を計ろうなどと考えもしなかった。それほど、おれたちは、みんなして悪魔の火に焼かれていたというわけだ。おれたちは、まるで「彗星」の通過について話すように、愛撫について話しはじめた。娘は、赤く美しい絹のドレス姿で喘ぎはじめた。少女の歯はきらきらと輝き、顔は夢でも見ているかのように微笑んでいた。少女は途方もない快楽の只中を漂いながら、目から炎を放っていた。

もちろん、だからといって、厄介事が消え去ったわけではない。オスカル・アナは、ルンバの代わりにトンバルバイエのボレロに興じて、ブレーキの利かない怪物のように娘の呼吸にしがみついた。厄介なことになると、厄介になるものだ。おれたちは、なすすべもなく狂態を眺めていた。

「この娘だって、オシドリを見つけりゃ、いつかは忘れるだろうて」と、エスタンゴ・ドゥマが言ったが、自信なげだった。

「お前なら、こんなに大きな悦びを忘れられるか？　あの娘、うっとりしてるじゃないか」と、ネルテ・コマは言った。

「これじゃ、オンド＝ノートの形勢は不利じゃのう」と、エスタンゴ・ドゥマは言った。

時間が過ぎた。苦い石灰石のなかを何カ月、何十カ月が流れた。バノス・マヤは二十歳になった。彼女の唇には、キスがまだ輝いていた。可哀相なバノス・マヤ。おれたちは、彼女に「酔ったバノス」とあだ名をつけた。愛撫に酔って、六十男の匂いに首ったけになっていたからだ。気の毒な娘は、狂気の魔法に焼かれていた。少女はほとんど飲まず食わずのありさまで、狂った愛人に大切な人生を捧げてきた。女として唇に受けたオスカル・アナの愛撫について、まるで魔法であるかのように、また甘い罰であるかのように、彼女はたえず語り続けた。父母にも、種ちがいの十一人の姉妹にも、仲間にも話した。彼女は熱っぽく語り出し、語るうちに、大きな黒い瞳は苦しげになり、息に愛がこもって荒くなった。まさに狂気が、この世のリズムになったのだ。オスカル・アナの唾に恋い焦がれている、とバノス・マヤは告白した。オスカル・アナを愛するためだけに生きている、とも言った。おれたちは、きっとあの娘は、蠅にでも刺されてわずか数年のうちに、彼女の年齢としての限界にまで行ってしまったのではないかと勘繰るのだった。何しろ、あの娘ときたら、見せかけのキスのために、十一年もの間、愛を暗唱したり、歌ったり、物語ったり、十一年もの間、無条件で何の代償もないまま死ぬほど心を奪われてきたのだから。

悲嘆にくれたおれたちは、二千人のデモ隊で両親のアルチュールとサラ・バノス・マヤのもとに押しかけ、娘が正気に戻るまで鍵を二重にかけて閉じ込めておくように求めた。しかし、厄介なことが起こると、厄介になるものだ。もう、なすすべもない。頽廃の機械が、おれたちに対して一斉に反抗の火蓋を切ったのだ。おれたちもまた、うす汚れた幸運やジャッカルの運命や臓物ソーセージのキスのせいで苛まれ傷ついていた。みんないぶかしく思っていた。どうしてバノス・マヤは、ポンプに水がなくなったような老人に自分の魂を捧げることができたのか。一体ぜんたい、何の因果で、星のように美しいあの娘が、しきたりとしての派手な愛撫に屈してしまったのか。

オスカル・アナ本人も、おれたちみんなの不幸であるキスを、全身全霊を込めて呪っていた。祖国に奉じるためというばかげた口実で過ごした過去の兵隊時代を呪うのと同じように呪っていた。あの娘ときたら、十二年前、ばかげた儀式で六十男にキスされたというだけで恋に狂い、キスの名残を味わいながらずっと男とともにいたいと願っている。あのとき、オスカル・アナは酩酊状態だった。彼は、阿片の牢獄から抜け出そうとして、しきたりを守ろうとする心とバノス・マヤ家の人々への感謝の念に引き裂かれていた。いや、あの午後の終わりに、一列に並んで部族の緋色を見せびらかす十二人の長老の面前で、名誉と生真面目の落とし子である自分が、どうして単純な精霊の仕組んだ愛撫の罠にはまってしまったのか、オスカル・アナには分からなかった。キスの役を仰せつかったとき、彼はこんな言葉で抵抗したはずではなかったか。

「髭が伸びすぎておるから、偽の婚礼の愛撫なんてうまくいかんだろう」

「御心配には及びませんわ、オスカル・アナ」と、サラ・バノス・マヤは笑った。「娘は、あなたを食べたりしませんわ。おふざけのキスをしてやってくださいな。お祭りを始めねばなりませんものね」

かくして、オスカル・アナは迂闊にもアプサンの杯を重ねるうちに、自制がきかなくなり、ついとり乱したキスをしてしまったのだ。これは、神々がオンド＝ノートを世界の中心に据えようとするおれたちの傲慢を罰するための復讐にちがいない。それからは失敗の連続だった。ネルテ・パンドゥーがよろめいて、儀式用のワインをひっくり返した。エスタンゴ・ドゥマは儀式の式次第の第三部をなくした。ネルテ・コマは、偽の新郎新婦のパーティーで、まるでよそもののような仕種で式を続けた。儀式の最後には、女神マナに結婚を知らせるために胆汁を飲むことになっていたのだが、ヨンゴロ・モーリス・ヴェマがそれをしぶった。

「まるでキニーネを飲むのを怖がる少年だわね」と、バノス・マヤの母方の叔母レオノール・ファンドラが溜め息をついた。

そして、しきたりの愛撫が天より声高に語ったのだ。おれたちは、オンド＝ノートで一部始終を見た。だが、どんなに記憶をたどってみたところで、小娘が恋に狂って身体をこわばらせて死んでいく魔法など一度も見たことがなかったのだ。

オスカル・アナは、ことをはっきりさせようと、娘の父アルチュール・バノス・マヤに会いに行った。二人は、伝統に従って一杯のお茶を分け合った。正気を保っておくために、お茶には興奮剤を入れずに飲んだ。記憶を目覚めさせておくために、ナスの揚げ菓子を食べた。

「私たちの友情に変わりはありませんな」と、アルチュール・バノス・マヤが言った。

「ずっとこのままですよ」と、オスカル・アナも応じた。二人は、はるか昔、バルタワで出会ったあの十二月の朝のことを思い出した。それから、ごく最近差し向かいになったときのことを話題にした。二人してバロヨア街で「偽りの善のためであれ、偽りの悪のためであれ」偽の婚礼を執り行ってくれる偽りの司祭と偽りの市長を探したときのことだ。運命はその頃、二人に警戒心を抱かせようと仕向けていた。偽りの司祭アルタニ・ザンギは、バイクから落ちて両足を骨折した。エスタンゴ・ドゥマは、偽りの婚礼という機械を停めたほうがいいと言った。だが、それなのに、アルチュール・バノス・マヤは、自らの巨万の富を見せつけるために祝宴をはる必要があったのだ。

「そこが厄介なところじゃ」と、パスカル・マラ婆さんが言った。

だが、オンド＝ノートの富豪たちは耳を貸さなかった。富豪たちは、大供宴を催すようにアルチュール・バノス・マヤをせき立てるばかりだった。

「そんなことをすれば、精霊たちの機嫌を損ねることになりますぞ」と、エスタンゴ・ドゥマは予言した。「心穏やかに婚礼にのぞまれるがよい。悪魔とこの町を結婚させることになりますぞ」

金持ちというのは、女みたいなものだ。人の話に耳を貸さない。話さえ聞いていれば、運命におれたちの肝を食われずに済んだかもしれないのだが。

「わしらの友情に変わりはありませんな」と、オスカル・アナはすこし気まずそうな声で言った。

「ずっとこのままですよ」と、なぜ同じことをこんなに繰り返す必要があるのかよくわからないまま、アルチュール・バノス・マヤは答えた。

それから十一年がたった。末娘のねじれた恋愛で人生をめちゃくちゃにされたアルチュール・バノス・マヤ氏は、今になってやっと不可視の道に通じるしきたりについての七百十二の噂に耳を傾けはじめたのだ。

「バノス・マヤ、身を入れて話してほしいのだ」

「いいわ、やさしいお父さま」

「いざこざはやめておけ」

「あの人を愛してるの、やさしいお父さま」

「苦役だな」

「恋なんです。わたし、恋で破裂しそうなの。死ぬか生きるかの問題なの。やさしいお父さま」

「旅行でもしてみたらどうだ。世界の果てまでな。いろんな土地があって、いろんな人がいる。そのうち分かるだろうが、世界はもっと大きいんだ」

「わたしの代わりに呼吸してるのは、恋なの」

「お前の口を借りて喋っているのは、悪魔なんだよ」

キスから十一年と三カ月たった九月四日の朝、漁師たちは大あわてで海から戻った。赤いカモメの群れが出現したのだ。こんなカモメは見たこともない。いったい、どこからこの薄汚い鳥は飛んできたのか？　幾千となく群れをなし、オンガラの土手を死に場所に選んだのはどういうわけだ？

「いよいよ、キスがお告げを始めることになろう」と、デスティエンヌ・ファーブルは予言した。

パスカル・マラ婆さんは三日間の断食と瞑想を勧めた。

「これは、いい前兆じゃないね。衣服を引き裂いて、埃で頭を覆うがいいさ。嘆いて、そして泣くのさ。この国に大いなる苦悩が宿ったんだよ」

おれたちは、まさにこの国で、未来の婿や嫁に気に入られるために調理したニシンダマシやヤツメウナギを食べる人々に指導されて、生まれ、成長し、生き、愛し、憎み、死にいく姿をお互いにながめ合ってきた。身の丈に合わせて衣服を裁断するように、おれたちの人生もちょん切られたのだ。おれたちは、コスト＝ノルダの熱に浮かれた人々のように、大昔の血なまぐさい神話を栄光として語ったりはしない。おれたちは意気地なしだが、殺戮に飢えたオロンゴの知恵遅れどもともちがうのだ。おれたちの名声というのは、数世紀にわたっての乱交騒ぎであり、大供宴であり、常軌を逸した乱痴気騒ぎであり、興奮剤の常用だった。とはいえ、おれたちは一万二千年の歴史をもつ由緒正しき民なのだ。ロオアノやトンバルバイエの人々とちがい、おれたちオンド＝ノートの民は、変わりばえしない実体験に満足できるのだ。神は、おれたちを、一生女房たちから甘い汁を吸い、青い梅毒をうつし合うようなバルテイヨの醜い奴らとはちがったように創りたもうたのだ。おれたちは、世界中でもっとも空らしい空の下、水と塩の祭りの真っ最中に粘土をこねてこの地方に似せて創られた。おれたちは、オリヨンドのペテン師のように五十九回も民主主義戦争をしたわけじゃない。おれたちは、ヌサンガ＝ノルダやヴァルタノがぶちあたっている幻滅に一度もぶちあたったことがない。あの愛撫のせいで、おれたちの運命が苦役のなかの苦役となり、名づけようのない漂流に変わったのだ。パスカル・マラ婆さんは、ムーゼ＝ディバの第三説教を正確に暗唱して、おれたちの記憶を新たにしてくれた。その説教というのは、「娘が老人の口にキスするや、天と地の縫いなおしが始まり、大洋はもっとも美しい笑みを湛えん」というものだった。

言ってみれば、おれたちは、もはや記憶もなければ、歴史もない、路頭に迷ったちびっこでしかなかった。おれたちが唯一覚えているのは、愛撫の夜、オスカル・アナが熱を出しひきつけを起こしたことだ。この恥知らずはくたばろうとしているのだ、とみんなが思った。それほど、彼はうめき、歯をがちがちいわせた。だが、沼に住む鰻の子の骨を誤って飲み込んで死んだのは、悪魔オスカル・アナではなく、アルタミオ・ファブレだった。偽りの婚礼を祝ったこの偽りの市長は、血と吐しゃ物のなかに何かの塊のように倒れ込んだ。そのため、偽りの司祭アビオラ・ロペスは無性に怖くなって、数週間、飲み食いをしなかった。オンド＝ノートを取り巻く魔法の次の犠牲者を、おれたちは彼のなかに見ていたのだ。

これほどたくさんの雪崩を引き起こすキスさえなかったら、オンド＝ノートは、歴史もなければ叙事詩もない、住民の巨食症だけが有名な場所であり続けただろう。実際、おれたちの自慢のたねは、黄金がアルコールや精力剤よりも安い、世界で唯一の場所に住んでいるということなのだ。

「水が山から逃れるように、オスカル・アナは女から逃げてるんだよ。銃が肩からずり落ちなければ、この男が小娘と結婚して、世界が一息つけるんだがなあ……」

おれたちは機嫌よく喋り合った。嘘のキスがなかったら、オスカル・アナは、神学者然として立ち尽くし、左足でびっこをひく、五十六歳の、わりに品のいい丸顔の小さなネズミのままだっただろう。亡き父と同じように、空と地と海だけを気にかけて、古く美しく何の変哲もない時代に、オンガラの玄武岩を祝う青い祭りで黒い微笑を浮かべるあの石ころの真ん中で、めりはりのない生活をしながら日々の杯を飲みほしていたことだろう。格言に「肉を食す者は殺しをし、魚を食す者は愛撫する」と言われるとおりだ。だが、オンド＝ノートは、今や、和合の場であることをやめ、この世のありとあらゆる不幸が待ち合わせをする呪いの場になっていた。

「薄情なオスカル・アナに伝えろ。小娘は恋わずらいでものも喉を通らなくなっておると。あいつがあの娘と結婚するのなら、とやかくは言わん。これだけは言ってやれ。バノス・マヤが死んでみろ、友情など悪魔にくれてやる。鹿弾を買って、この事件の秘密を暴いてやるとな」

本当に悲劇が始まったのだ。オンド＝ノートじゅうが知っている歓待の掟にしたがって、オスカル・アナは調停団を受け入れるには受け入れた。が、五十九歳にもなって、わがまま娘と結婚するつもりなどないとはっきり宣言した。

「わしは、いつもの愛撫をしただけだ。アドテヴィ・ランザとやらもベルト・ラヴィルに同じことをしたそうだが、天は落ちてこなかった。オンド＝ノートのみなさん、おおげさにするのはやめてくれんか」

「あんたの愛撫のせいで町は荒廃しておるのじゃよ」と、ネルテ・パンドゥーが言った。

「古臭い掟のために、町を荒らすのはやめようではないか」と、エスタンゴ・ドゥマは言った。

「あんたらは、わしにないものねだりをしておる」と、オスカル・アナは応じた。

議論は友好裡に進んだが熱意がこもっていた。オスカル・アナは、調停役に会食を申し出た。アルコールを何本か味わってもらいたかったのだ。インゲンマメの海老ムース添えとヤマウズラのヤマイモ添えと伊勢海老の唐揚げを用意した。どれも美味で、ボリュームもあったので、調停役たちは使命をすっかり忘れてしまった。オスカル・アナのほうも、ここで事件を蒸し返すことは慎重に避けた。彼は、自国の子供たちを銃殺している中国人の話をした。オゾン層を破壊し続けるフランスやドイツや、無遠慮に北海を踏みにじるイギリス人についても取り上げた。そして、ついでに自分の所有するかの名高い酒蔵の最上の酒を、行きずりの招待客に飲ませようとしたのだ。マニュエル・コマが飲みすぎで肝臓を悪くする前のこと、彼はその酒蔵に三晩こもって、水夫のノエルという男を小便漬けにしたことがあった。そのため、この酒蔵はいっそう有名になっていた。だが、それからもう十五年がたつ。小便矢の如しだ。

愛撫からかれこれ十二年がたつ。生々しい余韻が残っているとはいえ、調停役たちはせっかくの熱意が萎えていくのを感じていた。

「愛撫について話しましょうよ」と、娘の母サラ・バノス・マヤが言った。

「いや、やめておきましょう。食事がまずくなってしまいますからな」と、オスカル・アナは応じた。

「あの娘が自殺するかもしれんのだよ」と、判事が言った。

「キスごときで人は死なんよ」と、オスカル・アナは応じた。

「あの娘が倒れたら、殺し合いになりますわよ」と、サラ・バノス・マヤが言った。「分かってくださいな、オスカル・アナ。あの娘が恋に酔っている間に、結婚してやってちょうだい」

「結婚するのは、助平心を満足させるためじゃないでしょう。いいですか、もしそうなら、地球上の女全員と結婚することになってしまいますよ」と、オスカル・アナは答えた。

日の出と日の入りをずっと前から同じ場所で見てきた者同士でおれたちは乾杯した。が、一方でおれたちは思っていたのだ。オンド＝ノートで徳が地に落ち、まるでグレーハウンドがサヴァンナを走るように、娘たちが男を追いかけまわすようになった今では、気の毒なオスカル・アナが新世代の淫らな連中と心を交えたくないと思うのももっともだと。男というのは、子作り棒に元気がなくなってはじめて、娘に心の誓いをたてるものなのだ。女だって、今では一人の男だけでは満足できないだろう。とりわけ、バビロニアの『タルムード』とイエウールーシャラミの聖書の解読に午後と夜の大部分をあてているオスカル・アナのような男なんかで満足できるわけがない。それに、そもそも、結婚の苦役に取りかかる前にはいつも、パンツのなかで竿を七回まわすべきだといわれたって、彼にできるはずもない。

「娘もそのうち諦めるだろう」と、ソンゴの宰相は言った。

だが、娘は諦めなかった。それどころか、自分はオスカル・アナに愛撫されてはじめてこの世に生まれたのだ、と少女はあちこちにふれまわる始末だった。

「わたし、困ってるの。あの方は、全世界と同じくらい大きなお寺なの。オスカル・アナ、あなたが好き。尊敬申し上げてます。素敵な方だと思っています。ねえ、わたしのブラジャーが膨らむのは誰のためだと思って？　最愛の男のためよ。わたしは、陽の光を浴びて花開いたブドウの木なの」

少女は自由詩を書きなぐりはじめた。狂女のように、それを張り出して、あちこちで見せてまわった。

オスカル・アナの家には、調停のための渉外委員、代表団、使節団がたて続けに出入りしていた。だが、この破廉恥漢たるや頑固だった。人々は不満だった。憎しみが心のなかで発酵しはじめた。そこで、人々はオスカル・アナに対して賠償を求めるべきだとバノス・マヤ家の人々を説得した。「オスカル・アナの口に、お嬢さんの腐敗の印を残しておいてはならん。恥は血で洗うものですぞ。あいつに分からせてやりなさい。絶望の淵に立たされた娘が口にしているのは冗談なんかじゃないことを」
「いとしい人、わたしはあなたのラッパ鳥、そしてあなたの約束の庭…」

オスカル・アナは、エスティエンヌ・ファーブルから聞いて、オンド＝ノートが自分に陰謀を企んでいることを知った。そこで、鹿弾を六ダースほど買い込み、銃の遊底と古い連発銃の撃鉄に油をさした。オスカル・アナはこっそりとそうしたつもりだったが、銃砲店主のオンド・ニマは秘密と宣伝とのちがいをわきまえていない人物だった。店主は、鹿弾を買った人がいるとサンデール・ファーブル・コマに話した。サンデール・ファーブル・コマは市長に話し、市長は判事に、判事は当然のことながら、義理の両親バノス・マヤ夫妻に話した。

「せっかく示談になったのに、学者のオスカル・アナの野郎、鹿弾を買いだめしておるそうだ。困ったもんだ」と、アルチュール・バノス・マヤは言った。「だが、あいつがその気なら、えらいことになるぞ」

オンド＝ノートのもう一方のはずれでは、別の噂が流れていた。オスカル・アナが、戦争用の銃器を買ったというのだ。ロケット発射装置だろうという者もいれば、オンド＝ノートを瞬く間に壊滅させる手作り爆弾だという者もいた。銃器やらロケット発射台やら爆弾やらの噂が町じゅうに流れ、人々の耳たぶに触れた。群衆は仰天して大声をはりあげた。「たかが、おふざけの愛撫だっていうのに！」

ああ！　悪魔の口のあの深淵をのぞき込んで笑う者など誰一人いないだろう。銃砲店主オンド・ニマは、オンド＝ノートじゅうの九つの店が協力し合っても揃えるのに二日かかるありったけの銃器を売りつくした。人々は、魔法か妖術か呪いか唾の毒でもあったのではないか、と話しはじめた。でなければ、なんで少女は、人前で下唇におふざけの愛撫を受けたことに、あれほどこだわるのだろう。誰にそそのかされたというのか。棺桶に半分足を突っ込み、アニス酒漬けになって、昼も夜もシンガポール煙草のヤニの臭いをさせているあの六十男にそそのかされているとでもいうのか。

デスティエンヌ・ファーブルが、オスカル・アナのところに一杯やりにきた。ずいぶん昔から、二人は親友だった。旧友は、娘と結婚するよう勧めた。

「あの娘が愛人に身を任せたら、叩き出してやればいいのさ。口で言うよりもずっと早く厄介払いできるさ」

「いや、デスティエンヌ・ファーブル」と、オスカル・アナは言った。「誘惑と手を結ばせるような真似はせんでくれ。あの娘もそのうち諦めるさ。軽躁病に乗じて人生をハイにするなんてできない相談だ」

「あの娘は諦めんよ。示談にするほうがよくはないかね」

「わしも、それだけが望みさ」

「それじゃ、どうして連発銃を買いだめなんかしたんだ」

「狩猟用の銃はもっておるがね」と、オスカル・アナは言った。「それはトンバルバイエ創設の日に製造されたものなんだ。そんなものじゃ、蠅も殺せやせん」

しばらくして、アフォンソ・ナンビがぶらりとやってきた。頑固なオスカル・アナが子供だましの出来事にけりをつけようとしてとった不吉な選択に憤慨していることを伝えるためだ。

「オスカル・アナ、お前がオンド＝ノートに出そうとしている答えが銃撃だとすると、お前は根っからの与太者だぞ」

「わしは、誰にも発砲したりはせん」と、オスカル・アナは言った。「運命には気をつけておる。一事が万事だからな」

次に、旧友イニャス・イヴ・ヴァンサンが、恐怖で目を赤くして、汗だくになり、シャツと上着のボタンをかけちがえたまま、オスカル・アナの家に駆けつけた。男の腹はカボチャのように輝き、目は落ち窪んだ眼窩の底でぐるぐるまわり続けていた。

「鹿弾を渡してくれんか。ここはジャングルじゃないんだぞ。オスカル・アナ、いつものように試験管で遊んでろよ。が、頼むから、試験管を吹き矢がわりにするのはやめてくれ」

オスカル・アナは寝室に入った。そして、弾を抜いてから鹿弾の箱と鉄砲を判事に渡した。判事は箱と鹿弾を数え、メモを作り、オスカル・アナに落ちつくように言った。二人は、一杯酌み交わしてから別れた。家を出るとき、判事イニャス・イヴ・ヴァンサンは、空が頭上に落ちてきたときにオンド＝ノートの人々がしそうな豪快な高笑いをした。

「あなた、わたしのアソコをものにしにきて」と、バノス・マヤはオスカル・アナに求めた。オスカル・アナはおふざけのキスに決着をつけるために催された、御馳走とチーク・ダンスの仲間うちの野外祭りに招待されていたのだ。

オスカル・アナは、息を詰まらせ支離滅裂な言葉を喋ってから、ヌサンガ＝ノルダの葉巻の尻尾を神経質そうに噛みくだきはじめた。たて続けにアニス酒をがぶ飲みし、その合間にレモン・ジュースも胃のなかに流し込んだ。それから、どすんとタナワク椅子に倒れ込んで、高鼾をかきはじめた。

翌日十一時になって彼を起こすと、臭いのきつい一筋の小便が蠟引きの床に流れた。気の毒なオスカル・アナ！　アルコールを飲んで失禁したのは、これが初めてだった。彼は一晩中、鉄砲と鹿弾と、それから、アプサン色の大西洋の真上の緑の空に、かつて見たあの赤い大穴の夢を見ていたのだ。

だが実は、彼ははめられていたのだ。バノス・マヤの家は、怒りと憎しみにかられて大声でわめき、少女のために金切り声で賠償を求める大勢の女たちに包囲されていた。十万人を越す女たちが潮のように押し寄せてきては、不幸な少女の恥辱について話すのだった。「オンド＝ノートの女は、腹にものを残さぬ。女は執念深く、肉の約束を破ることはない。

オンド＝ノートは、一人の女で滅びるであろう」。それが予言者ムーゼ＝ディバの確信であり、呪いだった。

医者は、気の毒なオスカル・アナを哀れんだ。

「どこも折れちゃおらんが、まるまる二週間ベッドで安静にしていないと腫れはひかんよ」

群がっていた女たちはオスカル・アナをリンチにかけようとして、足を踏みならし、彼に執拗に迫り、手荒く扱い、ひっぱたき、手ひどい略奪に及んだのだ。だが、幸い、この学者を殺すには至らなかった。

「オンド＝ノートの小さな楽園で、いったい何があったんだ？」と、トンバルバイエとコスト＝ノルダの人々は尋ね合った。

「ある男の恥が噂になってるんだ。オスカル・アナとかいう男のな。このふざけた学者さん、女のおむつをめくりあげるのが怖いんだってよ」

「男衆が恥を心得ている地方があるとは、ありがたいことじゃないか」

まもなく沿岸一帯から、食料品を頭に乗せた女たちが、身を屈めながら押し寄せてきた。女たちは騒ぎを聞きつけ、学者が欲しがってもいない大目玉を食らわそうとしてオンド＝

ノートにまでやってきたのだ。どうしてそんなひどいことができるのさ？　どうして哀れな女に、死んだほうがましだと思い詰めさせるのさ？　オンド＝ノート中央病院前では二週間にわたって人垣ができ、暴力沙汰が続いた。二週間にわたって騒乱と卑劣な行為と破壊が続いた。だが、オスカル・アナは道理にしたがうことを拒んだ。

「分かってくれんか。わしは、あんたがたの町で誰一人殺したわけじゃない。わしは、しきたりどおりにいつもの愛撫をしただけだ。少女の両親の前で、おふざけのキスをしたまでだ。あんたがたにあれこれ言われる筋合いはない。コスト＝ノルダの人がするように、わしはキスをした。わしは、あんたがたのように何でもないことを難しく考えたりはせん。怖じ気づいたわけでもない」

「女をみくびるんじゃないよ」と、群衆は口々に言った。

「あんたの太鼓腹にはっきり言っとくけど、女はあんたのペットじゃないんだよ」

「男なんて、あたしたち女の子宮の穴を掘る小さな獣だわよ。サルマニオ・ルエンタって奴は、屈折した心で実の母を愛したんだってさ。エマイヨ・バンザときたら、オルガスムになると象みたいにゴーゴーと鳴くんだってさ。男たちはどいつもこいつも子供じみてるのよ。ザンガ・ロペスって男は、自分の昇進のために女房をバルタヨンサの知事に三十年間も触らせたっていうじゃないの。男ってえのはほんとに馬鹿だねえ。マルコ・ド・ラヴィーニュときたら、しょっちゅう自分の娘のパンツのなかに手を突っ込んで触ってた。男はみんな、どうしようもない助平だわさ。わたしたち女がいなかったら、いったい男どもはどうなっちゃうのかねえ?」

男どもはみんな、女たちの嘲りの的にならないようにこっそり姿をくらました。学者オスカル・アナが帰宅してから五十日たっても、まだ騒々しい応酬が続いたが、最後まで残ったのは「おかま」のアタマール・コンボだけだった。

オスカル・アナはアプサンをアニスで割って飲んでいた。いつもどおりの冗談のはずだったのに、いったいどんな呪われた道を通って悲劇のとば口にたどり着かんとしているのか、と彼は思いをめぐらせた。ふと、はっとするような考えがひらめいた。あの気のふれた少女バノス・マヤ、あの捩じれた愛の持ち主と結婚してみてはどうだろう。友人のヨナ・アルシバルドに会いにいけば、何とかしてくれるだろう。あのアメリカ人の鍛冶屋ヨナ・アルシバルドなら、きっと、混じりっけのない鉄で貞操パンツを作ってくれるはずなのだ。

「しかしだ」と、オスカル・アナは溜め息を漏らした。「男であるからには、いきなり少女の下唇におふざけの愛撫をするよりは、男らしいことをしなくちゃなるまい」

いい思いつきを祝して、オスカル・アナはリュウゼツラン酒を一本開け、グラスに三分の二ほど注いで、いとも優美に果実酒を味わいはじめた。そのうち、たまらなくいい気分になった。インド葉巻の尻尾をすっぱり切って、やさしく噛んだ。リュウゼツラン酒の中身もだいぶ空になってきた。オスカル・アナは、雲のような闇が侵入してくるのを感じた。よろめきながらも寝室まで行ったが、ベッドにはたどり着けなかった。蠟引きの床に倒れ込み、そこで数時間眠った。

目が覚めると、女たちのかまびすしい声が聴こえてきた。沿岸地方の十二の言語で彼を辱め、口笛でやじり、呪う声だ。オスカル・アナは一杯ブランデーをあおり、胸が締めつけられる思いで窓に近づいた。「オンド＝ノートの奴らときたら、いつまでつまらぬことで大地をくたびれさせるつもりなんだ?」と、彼は思った。「よかろう。たしかに、わしはくだらん愛撫の産みの親だ。いったい、どうやってこの世の終わりをこの世の始まりにすることができるというんだ」

女たちは、オスカル・アナと男たちの不名誉を歌い、踊った。

「オスカル・アナ、分かってるわね。この世は女性のものなのよ。これには誰も文句は言えないはずだよ。神様は、女性の願いを支持してるのよ。オスカル・アナ、あんたを愛する女性を讃えなさいよ。その女性に愛を返しなさいよ」

女たちは、卑小きわまりない男たちのことを数えきれないほど語った。

「マルク・ロペスってのは七人の娼婦に騙された男さ。彼が子どもを孕ませられないもんだから、女たちが子どもを作ってやったのさ」

「マニュエル・コマときたら、十五年間も、女の真似をしてオンド＝ノートの市長を騙して、一生を過ごしたんだってさ」

「男なんてミミズよ。か弱くって、地べたを這って進むのよ」

オスカル・アナは、リンネルのパジャマ姿でドアを開け、群衆に顔を見せた。溜め息をつきながら、こう思った。「白旗を見せれば、わしが勝ち誇っていないと女にも分かるだろう。こうすれば、わしが宙ぶらりんの心でいることが女にも理解できるだろう」。ものが投げつけられたが、オスカル・アナは作ったばかりの白旗を高く掲げて平和を求めた。死のような沈黙がその場に漂った。空の震える音がした。

「わしは、例のかまとと女と結婚することにしましたぞ」と、オスカル・アナは言った。

「あとは悪魔がかたをつけてくれるだろうさ。あんたがたが、そのほうがいいと言うんなら、わしは結婚しましょうとも」

今世紀は疲れきっている

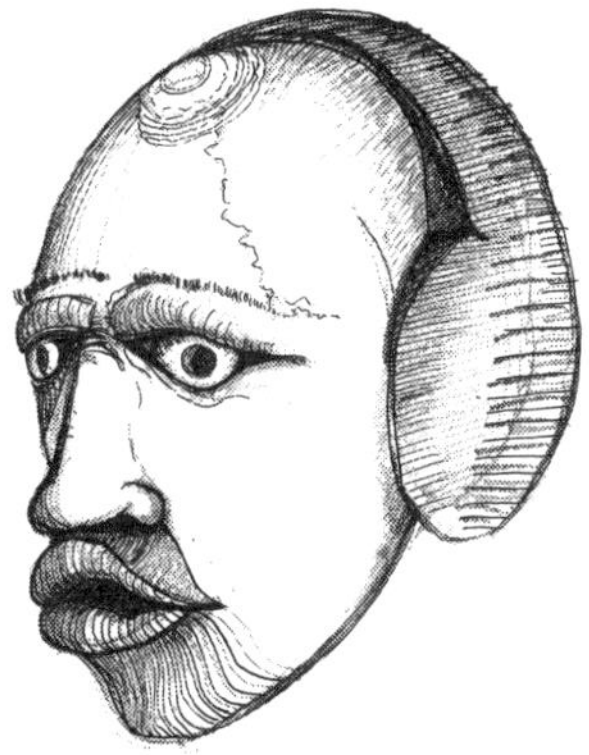

たっぷり二カ月の間、愛撫事件はなりをひそめていた。すべてもとの鞘におさまったのだ。町では、カーニヴァルという桁外れの祭りが始まっていた。街路には狂気があふれ、爆竹と花火の音が響きわたった。オンド＝ノートが再び宴会を始める眩暈のときだ。運命は完全に打ち負かされたのだ。オンド＝ノートに、ふたたびトウモロコシ・ビールと精液の臭いがたちこめた。

「野ウサギの皮を売ってはならん」と、ヨンゴロ・モーリス・ヴェマは占った。だが、おれたちは聞く耳をもたなかった。宴会だ！　宴会だ！　おれたちは、メランコリーを手こずらせるために生まれてきたんだ。

毎晩、レバノン人街のナイト・クラブで、可憐なバノス・マヤは天使のような声で学者オスカル・アナへの思いのたけを繊細に歌いあげるのだった。神々が見てとったとおり、バノス・マヤは、蜂蜜よりも、どんなワインよりも、オンド＝ノートで食べられるどんな料理よりも彼が好きだった。その父親アルチュール・バノス・マヤも、娘が今では、自殺を思いとどまって、オンド＝ノートの人々を踊らせ、ヴァンボ門に至るまでの沿岸地方の人々を声の超絶技巧で感動させているのだから、破廉恥漢オスカル・アナを射殺するという決意を翻していた。

このうわべの平和を際立たせるかのように、中国大陸の女性シャオ・ゼッペン率いるプロ舞踏団がオンド＝ノートに到着した。死は、おれたちの首にまとわりつくのをやめた。おれたちの会話は、踊りと歌と歓びにあふれた。シャオ・ゼッペンは、踊りとみごとな手品を披露してみせた。彼女の肉体はゴムのようにしなやかだった。彼女の驚異の軽業と人間離れした動きに、おれたちは息を呑んだ。彼女は、半回転ととんぼ返りとヒョウ飛びの技をみごとに披露した。ほかの舞踏団の十二人の女たちも、肉体のさまざまなアングルを感動の不可視の世界に投射しては、切れ味鋭い、鉄のように固い美しさを見せつけた。娘たちは、自分の存在のなかのもっとも味わい深い部分を見てもらえることをとても喜んでいた。スーダンの黒人女が三人、インド女が数人、地中海的なイタリヤ女が一人、そして静脈のなかに明らかにタイ人の血の陰影が見てとれる蓮っ葉な日本女が数人。オワンドのピグミー四人が、奇蹟のように入り組んだ声の音楽を彼女たちのために奏でていた。四人は、演奏の間じゅう、戦争のラプソディーを歌った。少なくとも、これは戦争のラプソディーだろうというのがオンド＝パスコバのグレゴリオ聖歌の専門家にして、あのアフォンソ・ザンガール・コンガの実の従兄でもある音楽学者エミール・オパンゴ・バンガの明快な意見だった。アフォンソ・ザンガール・コンガは、オンド＝ノート生まれの、沿岸地方一帯で人気を博している有名ジャズ・プレイヤーで、みんなが口づさむ「人生なんてたぶんトリックなのさ」という断章の生みの親でもあった。

そうだ、このアフォンソ・ザンガール・コンガなのだ！　あの夜、とある木曜日の満月の夜に、オスカル・アナが群衆に分け入り、大きな輪の真ん中に陣取ったおれたちが演奏していたのは、まさにこのアフォンソ・ザンガール・コンガのめくるめく音楽だったのだ。彼が手を差しのべると、バノス・マヤは踊りに飛び出した。

「どけどけ。オスカル・アナがおつりを返そうとしているんだ」

おれたちはぽかんと口を開けたまま、奇蹟について思いをめぐらし、自分たちの人生をはっきり見はじめていた。

「舞台をあけろ。オスカル・アナが非を認めて謝っているんだぞ。学者さん、娘と踊ろうとしてる。時代が変わったんだな」

おれたちは、スペイン人の最後の世代の人々がオランダ広場に残していった十二本のガヴァの巨木に目を釘づけにさせせられた。その巨木の背後には、エスチュエールの三度目の反乱のあとにオンド＝ノート創設の父たちが立てた十二の巨石があった。数年前、司祭のエスタンゴ・ドゥマが、巨石の北壁に刻まれた五十四万もの絵文字を解読したというあの巨石だ。そこには、十二の文章が千一通りに書かれている。オンド＝ノートの者なら誰でも、そのうちの一つをしっかりと暗記していて、ぐっすり眠った後でも空で言えるほどだ。聖アンドレの十字架の方向に記された絵文字には大異変が告げられていたし、予言者イエシェオウア・マジヤの十字架の方向の絵文字には、「一度悪魔がブロンズ色の女神を踊らせると、ここに砂と風の国が建設せられん…」と記されていた。だからこそ、おれたちは一瞬オスカル・アナを呪ったのだ。

「あいつがここに、しかもあの娘と踊りにくるなんて、いったいどんな蠅に刺されたんだろう？」と、おれたちは言った。「おい、オスカル・アナ。空がおれたちの頭の上に落っこちてくるのは、お前のせいだってことは分かってるんだ。お前が取り返しのつかないことをする前に、お前を処刑するほうがまだましだよ」

だが、その直後、群衆はこの柔和なカップルにふたたび拍手喝采を送りはじめ、沿岸地方のあらゆる言語で、二人の仲が末永く続いてほしいとの願いを語り出した。誰かが踊る二人に、長寿を願ってマンバリニエの花を投げた。やがて、婚約舞踏会がオンド＝ノートの町じゅうを駆けめぐった。中国女シャオ・ゼッペンの娘たちが二人に道を開いて、清く美しく舞った。薄明かりが射すと、二人の仕種や二人のつぶらな瞳の輝きが引き立った。オンド＝ノートに住む中国語のできる人々とトンバルバイエのほとんどの人々が、娘たちのソプラノに応えて声をあげた。真夜中になると、踊り子たちはへとへとだった。豪奢な絹の衣装が汗で光っていた。舞踏団の団長でさえも頭を動かすのがやっとだった。音楽は、力強さも超絶技巧も失っていた。そのときレパートリーになった歌には、はるか昔の時代を思い出させるものが多かった。その時代、ちょうど、グァバやベチベルソウやヘーゼルナッツの芳香を放ちはじめたばかりの娘たちがエロティックなダンスをしているときに、アラブの戦士たちがオンド＝ノートにヤマノイモ祭りの妨害にきて、娘たちを略奪していったのだ。

「何たる悪魔、何たる神様じゃ！」と、エスタンゴ・ドゥマが叫んだ。「満月だというのが分からんのか！　しきたりの目のなかに指を突っ込むのはやめんか。オスカル・アナ、おぬしは、ふざけた学者にして馬鹿者どもの大師匠だ。満月の夜に運命と踊ってはならんことが、どうして分からんのか？　それからお前、バノス・マヤよ。お前はいつまでわしらの膵臓を追いかけまわすつもりなのだ？　悪魔よ、哀れな者たちから神を取り上げるのはやめてくれんか。ワニに大河を見せるのが愚かなことだと、とくと考えてくだされ。そして、オンド＝ノートのぼんくらなお前さんがた、いつまでサメに大西洋の味見をさせておくつもりだ？　さっさと大宴会をおひらきにして、海の目のなかに砂を入れるのをやめんか。空がお前さんがたの大動脈の上に落ちてくる前に、散会するんだ」

「まあ、エスタンゴ・ドゥマ。あなたはまるでしきたりの道路工夫ね」と、娘の母サラ・バノス・マヤが語りかけた。「よそ様のことに首を突っ込まないでちょうだいよ。娘が恋人を慕うのを、見守ってあげたらどうなの」

「女どもは、いつからしきたりの守護者の言葉に小便をかけられるようになったのかな？」と、エスタンゴ・ドゥマは切り返した。「サラ・バノス・マヤ。頼むから、その含み笑いをやめてはくれんか。でないと、空があんたの胸の谷間に屁をひることになるぞ」

「ねえ、エスタンゴ・ドゥマ」と、サラ・バノス・マヤが言った。「世界が男と女のお尻を取り替えてしまったのよ。今や女が一度口にしたことを引っ込めるような時代じゃないのよ」

「今に、口にしたことの報いを受けるときがこよう」と、エスタンゴ・ドゥマは溜め息をついた。「大地の鍵を膣人間の手に渡してはならん。神々がわしの言い分をお聞き入れくだされればよいが。われこそはエスタンゴ・ドゥマ、しきたりの息子で、しきたりに倣って育った一族の長なり」

エスタンゴ・ドゥマが退出し、群衆がふたたび歌を歌って口笛を吹きはじめると、大西洋の彼方から不吉な馬の嘶きのような音が聞こえてきた。すると、ヴァマ＝アッサのほうで山が絶えまなく唸り音をあげはじめ、象のような鳴き声になったが、咳とくしゃみのような不思議な音で途切れた。それから、おれたちには、バルマ＝ヤヨス岸壁が砕けたスレートに立ち上がって、伸びをしているのが見聞きできた。まるで、「オスカル・アナが少女と寝たら、この世は足をなくしてしまうことになるぞ」と、何ものかが告げているかのようだった。

「やっぱり、このことは書き記されていたんだ」と、マニュエル・コマが言った。「思い出そうじゃないか」

このあたりでは、この世がこの世になってからというもの、倫理問題については常に大西洋が先手をとってきた。大西洋は、いつもあからさまにおれたちに介入してきた。石ころでさえ、人々の魂に疑いを抱かせようと、あらゆる手を尽くしてきた。大西洋は、ロット入江に赤いモトアナゴを襲来させて、おれたちに用心するよう命じた。大西洋は、大声をあげてオランダ人が侵略してくるのを前もって知らせてくれた。大西洋が、美しい叫び声で、肉屋のエルマノ・ゾラが冷凍庫の奥でこと切れそうだと沿岸地方の人々に伝えたこともあった。今度も、オスカル・アナの踊りをおれたちに見せようとして、こんなことが起こっているのではないのか？

　じつは、今朝早く、波が馬のようにいきり立ち、オヨンゴ湾の海底の裸の姿を見せたのだ。波は凄まじい滝になって、六百から八百メートルの高さになった。この海の勃起のせいで、オンド＝ノートには数億トンの塩水が押し寄せてきはしまいか、そのために町は破壊されるのではないかとおれたちは危惧した。だが、海はいつもの寝床に戻って、とりあえず、落ち着きを取り戻した。それから完全な凪がきた。エスタチオ・マラが母親を眠らせながらおれたちに色とりどりの大地を見せてくれたあの記念すべき時代と同じように、大地がおれたちに松葉杖を手渡そうとしている、とおれたちはうすうす感じていた。

　婚約舞踏会の翌々日、誇らかに雨が降った。ところが、この日、娘の母サラ・バノス・マヤが馬鹿げた死を遂げた。彼女がオスカル・アナの浴室で身体を洗おうとしたところ、突然ショートして浴槽が破裂したのだ。

「電位差のある二百五十の弾丸は、オンド＝ノートにしか届かないものさ」とオンド＝ノートの検視官エマニ・レバが呟いた。彼は、死者がたしかに死んだかどうかを確かめに派遣されてきたのだ。

「わたしらは疲弊した世紀に生きておるのです」と、公証人アフォンソ・マンガは死者の遺言を読みあげる場で溜め息をつきながら言った。「あなたの事故はどう見ても自殺の色を帯びていますな」

おれたちは、サラ・バノス・マヤがオンド＝ノートで誰よりもたくさんの愛人を囲っていたことを知っていた。あらゆる口径の合計七十二人の男だったが、そのなかには中風患者のオンド・コルドバと癲癇のアナ・ドノンソ・セニもいた。この事件がもし自殺だとしたら、浴室事故の二日前にエスタンゴ・ドゥマが言った「今に、口にしたことの報いを受けるときがこよう」という呪い以上に、故人のライバルの一人だったマルティノ・ファンドラが作曲した歌のせいだったのではあるまいか。マルティノ・ファンドラは、オンド＝ノートの膣人間サラ・バノス・マヤの秘密の生活を披露していたのだ。だが、呪いのせいだという主張のほうが優勢だった。いずれにせよ、人生に貪欲だったサラ・バノス・マヤのような女は、間抜けな死と深い関係を結ぶべくして結んだのだとしか説明のしようがなかった。こんな間抜けな死は、阿片窟と蔓延する色欲と自殺という三つのことにかけては、いずれも世界記録を誇る悪魔の町たるトンバルバイエの住人にこそふさわしいものではあるが。

「今世紀は疲れきっている」と、故人の亭主アルチュール・バノス・マヤは溜め息まじりに言った。「だが、おれは負けんぞ。いとしの伴侶よ、成仏してくれ。事故だろうが自殺だろうが、人生は続くんだからな」

埋葬の夜、食事、飲み物、御馳走が次々と出された。その間も、大西洋は、明らかにわれわれに注意を促そうと、声をかぎりに叫んでいた。

「オスカル・アナが結婚するんだってさ」と、群衆は言った。「気の毒にな！　六十七歳にもなって、どうやって女の中庭に水を撒くのかね？」

喪が開けぬうちから、遺言どおりに、オンド＝ノートの本物の市長であるバノス・リマ氏が姪の婚礼をいかなる手順で行うかについて告知した。墓石を取り付けた翌々日に戸籍上の婚礼、続いて、婚礼の事前公示のためのリボン祭り、水曜日には蜜蜂の行列を行うというものだった。だが、実際には戸籍上の婚礼は月曜日にずれ込んだ。アフォンソ・ザンガール・コンガが月曜日に偏執症にかかって、ある月曜日に亡くなってからというもの、おれたちの町では月曜日は不運な日とされていた。別の月曜日には、トンバルバイエの民衆の思想を研究していた彼の一人息子が、下腹をカミソリで切ったのち、睾丸をカミソリで切り落として自殺を遂げていた。

「今世紀は疲れきっている」と、アルチュール・バノス・マヤが、女房の遺体が眠る柩を指さしながらうめき声をあげた。

「婚礼がとどこおりなく終わったら、ご両人には、聖ポール大聖堂でカンブロ司祭の祝福を受けてもらいます」と、市長は言った。「蜜の夜は来週の土曜日にしましょうぞ」

「かまわんが」と、半分眠りかけていたオスカル・アナが叫んだ。「だが、わしは貞潔の細工物ができるのを待たなくちゃならんのだ。ヨナ・アルシバルドが作っとるところなんだ。それでよければ、婚礼を行うが」

熱狂していた群衆の間から重苦しい不満の呟きが洩れた。市長は、オスカル・アナが注文した貞潔の細工物の話を聞くと、鍛冶屋のヨナ・アルシバルドから話を聞きたいと言い出した。鍛冶屋は市長に答えて、貞操パンツについては着想は得ているが、今月中に手渡すのは無理だと語った。娘の父アルチュール・バノス・マヤは市長に、せっかく順調にことが運んでいるのだからその流れを妨げないよう、当人たちに結婚の日取りと場所と規則を決めさせてほしいと申し出た。

「いいかな、アルチュール・バノス・マヤ」と、司祭エスタンゴ・ドゥマは言った。「わしらは、運命の策略の裏をかこうとしておるんじゃ。こんなことでは、時間が時間でなくなってしまう」

「自分の影より速く走ることなんてできん」と、アルチュール・バノス・マヤが言い返した。「ときに小枝を一本残してみたまえ。そうすれば、宿命が息つく暇を与えてくれることが分かるだろうて」

「分かった」と、市長が言った。「鳥に歯がはえるまで、婚礼の祝いは延ばすことにしよう」

群衆は、魂が一つになったかのように喝采した。「オスカル・アナが婚礼を七月の最後の木曜に決めたんだとよ。助かったぜ、おれたちは！」

しきたりで決められたとおり、娘の父親が婚約の酒を運んできた。

「神々が馬鹿なまねさえしなければいいが」

一同から婚約式の酒瓶の栓を抜くよう促されたときのバノス・マヤは、恋と幸せに輝いていた。彼女は、酒瓶を一本、死者たちのために地面に注ぎ、グラスに少量ついで父親と六人の叔父と婚約の証人と進行係に差し出した。その酒は、コスト＝ノルダ産の由緒あるブランデーで、少量のガヴァ入りのベチベルソウのエキスの香りがした。次に、酒の無理強いの儀式が行われる。オスカル・アナの血縁者のなかから一人の子孫が選ばれ、死者たちのために二杯目を飲む。その次は、バノス・マヤ側の血縁者のうち年長者の番だ。だが、サラ・バノス・マヤが亡くなったあとの十二週間は、アルコールが禁じられていたので、二本目からは次々と粘土の溝に注がれた。バノス・マヤはミルクばかり飲んでいた。ミルクがきれたあとは、新婦に幸せと繁栄をもたらすとされるマンバリニエ・ジュースを一杯もってきてもらった。

「オスカル・アナ、愛してるわ」と、少女は学者にスペイン風のキスをしながら言った。「どうしてわたしがこんなにあなたを求めるのかが分かる年齢を、あなたはもう過ぎてしまったのかもしれないわね。だとしても、わたしは大きな愛をあなたに捧げるわ。あなたの呼吸に役立つように」

この洒落た言葉を聞いて、オンド＝ノートの人々は娘に好感をもった。彼女の言葉は壮大だったので、幻滅をなめてきた人々の心の支えになったのだ。と、そのとき、司祭エスタンゴ・ドゥマが、婚約式を遮って、バルタヨンサの方角を見るように言った。断崖絶壁が煙を出し、赤くて濃い霧を吐き出しはじめた。(イエシェオウア・ル・キリストが最初に復活するときはバルタヨンサ街道を通る、とおれたちはずっと考えてきた。それくらいこの街道は、ゴルザラの白っぽい丘をうねうね曲がっているのだ。)次いで、大西洋が泡をたてて砕け、叫び声をあげた。叫び声はどもっていた。これは、あれほど強く望まれた結婚も、みんなの黙認や同意を得ているわけではないことを示すものだった。

シャオ・ゼッペンとパスカル・マラ婆さんは、大西洋の行う抗議をもっと詳しく解明しようとして星占いをした。二人の女は太陽を見つめた。地面に巨大な絵文字を書きなぐり、耳慣れない言葉を喋った。波状のジグザグ文字から理に適った事柄が少しだけ取り出せた。それを踊り娘のパム・ザン・クマが古典中国語で「何ごとも以前のようにはなるまい」という意味だとおれたちに翻訳してくれた。

パスカル・マラは、家々の間を狂ったように走り、ひきつけを起こしたようにいきり立ち唸りながら出ていった。二人の男が捕まえて落ちつかせようとしたが、彼女はロケットのようにすり抜けた。ようやく捕まえたと思ったら、二人は彼女に風船のように投げ飛ばされ、どすんと地面に落ちて気を失った。

静寂が戻った。夜になって、パスカル・マラが婚約式会場に戻ってきた。彼女は、男のような手でスペリヒユの若木をつかみ、左手にはヴァルターノのブルーベリーの枝を握っていた。

「いったい何が気に入らないというんだろうねえ、お天道さまは?」と、レバノン人でイスラム教徒のサイディ・マレックが尋ねた。「あんたがたの売春宿にはキリスト教に改宗した奴が多すぎる。おれは人間の魂をアラーに捧げるためなら何だってやるよ。アラーは食いしん坊じゃない。黒い小さな魂がいくつかあれば、ここの明かりを絶やさずに済むのにな」

「大声出すのはおよしよ」と、パスカル・マラが言った。「それより、お喋りを大地に聞かれないように気をつけるんだね。聞かれちまったら最後、月曜日が三回項《うなじ》を見せる前に、あんた死んじゃうよ。可哀相にオルタンス・ラヴィーニュがコスト＝ノルダで死んだように、あんたも死んじゃうよ。オルタンスめは、ひどい音をたてて命を引き取ったもんだから、二十里四方で、二十年たってもまだあの娘の絶叫が聞こえるんだよ」

怖じ気を払うため、おれたちはサイディ・マレックに自宅の中庭で酒盛りを開くように勧めた。オンド＝ノートのほとんどの人と同じように、このイスラム教徒も、パスカル・マラの予言と説教を軽く考えてはいなかった。パスカル・マラは、かつてクローディオ・ラエンダの死を予告したこともあるのだ。「クローディオ、わたしゃ、あんたの目玉にはっきり言わせてもらうがね、あんたの不平を大地は聞きつけたんだよ。だからあんたは子どもみたいに浴槽に体をぶつけて死ぬよ」。事実、クローディオ・ラエンダは浴槽の事故で亡くなった。パスカル・マラは、沿岸地方一帯で愛されていた娼婦チャオ・メッサデックの死も予告している。「メッサデック、あんたは、ファブラッソ・コンブラ師に女陰の根もとを見せたね。今年が背を向ける前にあんたは死ぬよ」。このメッサデックも「幼子イエシェオウアのサンタ・マリア」の前日に亡くなった。プアムスーラ海岸で海水浴をしているとき、空の大音響に吹き飛ばされたのだ。そのまま、大西洋はあのみごとな肉体をおれたちに返してくれなかった。

おれたちの忠告にしたがって、サイディ・マレックは自宅の中庭に群衆を招き入れた。盛大きわまりない酒盛りが行われた。そのため、おれたちは婚約式のことをすっかり忘れかけた。したたかに酔っぱらい、多くのことを失念してしまった。明け方の五時頃、群衆はそのイスラム教徒の家を出て、大西洋の魚に酔いを吐き出しに行った。神学生が混じっているわけでもないのに、群衆は葬列のように口をつぐみ、腕を十字に組んで歩いた。おれたちは大西洋に七回吐いてから、宣誓じみた奇妙な言葉を口にした。

「神々よ、この気の毒なサイディを、父親のマレック・ディウフや曾祖父オリヴェイラ・マレックのように、百八歳まで生かしてやってください。サイディ・マレックはおれたちを酔っぱらわせてくれましたし、おれたちは大西洋にそれを吐きました。大西洋は世界の口だからです。太古の昔からそうでした。ここは何もかも修復し、救済する場なのです。おれたちのはるか昔の先祖の時代から、このキンカクジは知られていました。だから誰も大西洋からわれらのスター、チャオ・メッサデックを奪おうとは思わないのです。チャオ・メッサデックが亡くなったこの場所は、世界発祥の地なんです」

酒をふるまってくれたことに対して、多くの人がイスラム教徒サイディ・マレックに感謝の言葉を述べ終えると、オスカル・アナとバノス・マヤの二人も大西洋に何かを呟きにやってきた。二人は、誇り高き壮麗な獣のように向きあって立っていた。といっても、おれたちとしては、またまた不幸の原因となる愛撫をしでかすのではないか、と少し不安ではあった。二人は、大西洋が不満を言い、砂が震え、急流が果てしなく不平を口にし、石ころが罵倒するのにじっと耳を傾けていた。オスカル・アナは、指しゃぶりする婚約者に目をやった。「呪われたカップル」だなと、おれたちは思った。男のほうは、大西洋の真ん中に島を生み出す方法に思いをめぐらしており、女のほうはというと、気性が荒く、恋わずらいをしては子供じみたことを続けている。彼女は、白いリンネルの上着のボタンをかけちがえているオスカル・アナを物欲しげに見つめながら、燃えるような大きな目を彼の年齢と肉体の間にきょろつかせていた。けれども、大西洋と向き合い、大きな波頭と向き合う二人は崇高だった。オスカル・アナは、指しゃぶりする婚約者に両手を差し出した。注文の品のことを思い出した。混じりっけのない鉄と銅に覆われ、鋼鉄製のチャックのついたパンツを自分の下腹部に取りつけるつもりでいた。オスカル・アナは約束を違えぬ男だったので、聖母と聖者を前にして、そしてまた、彼にとって神聖なる試験管を前にしても、偽の結婚がどれほど長く続いたとしても、少女に自分の愛の竿の先端を決して見せまいと心の底から誓っていたのだ。彼は、結婚に不可欠の最小限のことだけをしようと思っていた。口へのキス、コスト＝ノルダの人たちがするような小分けにした愛撫、ヴェスティナの人々が得意とする愛撫、葡萄の枝のように絡み合ってするキス、エジプト人好みのお触り、トルコ人のする叩き、樵がするような張り手など。要するに、子作りの竿の嘶《いなな》き以外のすべてのことをだ。

「ねえ、オスカル・アナ」と、可憐なバノス・マヤが言った。「黒ナマズが甘い水を好むように、わたし、あなたが好き」

「混じりっけのない鋼鉄の貞操パンツを一日中はくことにしよう」とオスカル・アナは考えていた。「そうすれば、もう欺瞞の罠に落ちずに済む。二度と運命のペテンにかからずにいられるだろう」

男は自宅を歩きまわり、地球儀のコレクションの間を這いまわりながら誓った。それから学説や仮説や総論の待ちうける実験所に足を運んだ。研究に没頭することで、あのパンツをゆるめた小娘が、彼の指や彼の思考のなかに女の匂いをまき散らす、ぞくぞくするような感覚を忘れようとした。彼女が、銀色の瞳やら、宝石の重みやら、真珠とダイヤモンドの魅惑やら、そして美しい葡萄の房のような赤い絹のコルセットからぷりぷりとはみ出た乳房やらを押しつけてくるときの、あのぞくぞくする感覚を何とか忘れようとした。

「あなたの顔はわたしの目にやさしいの。あなたの口はわたしの口蓋にやさしいの。オスカル・アナ、わたし、あなたが恋しくて死んでしまいそう。あなたの息の匂いと同じほど、わたしを酔わせてくれるのはどんなワインかしら？　あなたの眼差しの歌より心地よく、わたしの切ない心に歌いかけてくれるのはどんな音楽かしら？　オスカル・アナ、きて、わたしと一緒に花開いてね」

学者は獣のように激しく喘いだ。あの娘がどんなに美しかろうとも、せっかく彼女の前に築いた壁に亀裂を走らせてはならん、と彼は自らに誓った。「鉄に覆われたパンツに愚事防止用のチョッキを身に着けねばならんとはな！　六十九歳だからといったって、小便臭い女の腕に抱かれて脾臓をだめにしなくちゃならんわけじゃない。しっかりせんか、オスカル・アナ」

「恋に年齢なんかあるもんか」と、製作中の細工物がどこまで仕上がったかを聞きにきたオスカル・アナに対して、ヨナ・アルシバルドは言った。「キンタマをもってれば、あとはどうにかなるもんさ」

「心底本気で誓ったんだよ」と、オスカル・アナは呟いた。

だが、下半身の件については、オスカル・アナに「ガラスの男」というあだ名がついて、「あいつの蛇は、女にふれられると壊れちまうんだとよ」という陰口が叩かれたぐらいで、それ以外の評判は立たなかった。しかし、おれたちのほうは、コスト＝ノルダには男色が多かったから、オスカル・アナも男色に耽っているのではないかとさえ訝った。いずれにしても、オスカル・アナには、女のイカせ方について猥談を繰り広げるオンド＝ノートのうわっついた男衆のようなところは少しもなかった。自分のセックスについて大袈裟な話をでっちあげる法螺吹きどもとはちがっていたのだ。子作りに至るまでのジグザグの手柄話で評判をとったオンボ大佐ともちがうし、女を家畜扱いにするサルマニオ・ルエンタともちがうのだ。オスカル・アナは、たとえ激しく勃起することがあっても、それを口にしたり、ふれまわったりするでもなく、申し分のない評判を保っていた。暴走したあの愛撫を別にすれば、おれたちは、セックスについての彼の伝説や叙事詩を少しも知らない。

ヨナ・アルシバルドが貞操パンツの寸法を最後にとりにきた晩、バノス・マヤが指しゃぶりをしながらオスカル・アナのもとにやってきた。

「オスカル・アナ、愛してるわ。口先だけじゃないの。わたしにとって、この言葉はこの世への入口なの。一生そうよ」

「老いたりとはいえ、なかなかどうして。わしも捨てたもんじゃないな」と、オスカル・アナは微笑んだ。「このわしは、無為に過ごすばかりで、腐りきって、開頭手術を受けたこともある。しかも、戯言をぬかしては、野放しになり、まるでグラタンみたいになってしまった年寄りで、穴あきの瓢箪よろしく、咳をしては小便をちびっておる老いぼれだというのにな」

「オスカル・アナ、わたしの息はあなたと結びついているの。だってわたしは見えるままにあなたを見てるのだから。あなたは大文字みたいに威厳があるわ。わたしの魂に火をつけて。あなたってハンサムよ」

「よしてくれ」と、オスカル・アナは言った。「買いかぶるのはやめてくれ」

だが、オスカル・アナは動揺を咳で吹き飛ばそうとしても、できなかった。ああ、どうしてあのとき、愛撫の儀式という富豪の苦役を引き受けてしまったんだろう？ 今や、この小娘の言うのが冗談でないと、彼にもはっきり分かった。彼女の吐息や、大きな目が放つ剝き出しの鉄のような輝きのなかに、彼女の情熱は読みとれた。

「オスカル・アナ、愛してるの。分かって。でないとわたし、世界の意味を見失ってしまいそう」

男は一瞬、二つの感情の間で揺れ動いた。これまでどおり、気の強い老人として冷たい態度をとり続けるとするか。今はもう、かつてのように激しい愛で人を愛せるような時代ではないのだから。今では、すべてが変わってしまったのだ。ヌサンガ＝ノルダから持ち込まれた慣習のせいで、われらが町の美風は追い払われ、水差しとシチュー鍋の陰謀に取って代わられたのだ。いや、それとも、娘に思いやりをもつべきなのかもしれない。可憐なバノス・マヤは天地をも動かすような愛情で恋してくれているではないか。「少女が夢に毒されて自殺するようなことがあってはならん」と、オスカル・アナは思った。「オスカル・アナ、愛してるわ。あなたに酔ってるの。苦しいけど、とっても素敵よ」

クムー丘の波打つ項《うなじ》は、すでに朝焼けの太陽を浴びていた。エロリ方面の地平線は、波状の輝きと燃え広がるモーヴ色をまとっている。大西洋はものうい揺れに身をまかせている。アルマアの谷は、まるで騎兵の派遣隊のように並んだ散り散りの影に覆われている。ヤンビの滝は、怒りの書の詩節を吠えたてる。ヤラダの岩が玄武岩で水の落下をまっぷたつにしているために、瀑布はヤラダの岩に恨みを抱いているように見える。瀑布の前には赤く荒々しいオルザラ岬があり、傲慢な空の下で、ブロンズ色と鉛色の陽光を浴びている。

バラアミ・ファンドラは、朝の妖精の国を見つめていた。沿岸地方のおれたちが、大地と同じほど古い歌、つまり、ヤマノイモを食べる人も、ダンゴウオとサケを食べる人も、リュウゼツラン酒を飲む人も、煙草を吸う人も、誰もが知る一節を口ずさむ時間だった。

世界の種子に
手のごとくわが心のとどまれり
明日また種が結ばるば、光、射し
血が流れ出て、河を朱に染めん
女たちはいと麗し
オンド＝ノート国の男たちよ
小枝を研ぎすませよ
だが、まずは
陽を見つめよ
陽は交わりくる
世界全体と交わりに
オンド＝ノートは歌わん
今こそ愛するときだと

バラアミ・ファンドラは熱情的な声で歌った。歌い終えてから、恋に狂ったバノス・マヤと学者オスカル・アナに声をかけた。

「まっすぐに愛し合うのよ。天空にまできらめいて輝きなさいよ。もう愚かなことはしないでちょうだいね。あなたたちは素晴らしいカップルよ。あなたたちの恋が求める歓びを生み出しなさい。呼吸する場所で感動するのよ。恋はいつもわたしたちより美しいものなの」

二人は、手に手をとって大西洋の際のヌガン＝エリマールまで歩いた。十一時近かった。アンガ湖に群生するパピルスのほうへ、そよ風は髪をやさしくなびかせた。

「オスカル・アナ、愛してるわ」。可憐なバノス・マヤは涙を浮かべていた。「どちらの耳でもいいから、これを聞いて。どちらの目でもいいから、これを見て。あなたへの恋のおかげでわたしの魂にあいたこの穴にふれてみて。わたしの口を消してしまうこの眩暈にふれてみて。オスカル・アナ、わたしの身体が熟れたのは、あなたのためよ。いとしい人、あなたは、わたしの心をたかぶらせ、わたしの心を罰するの。ねえあなた、お願い、お話して！　わたしはあなたの唾の火の洗礼を受けたの。私は打ち負かされながらも、誇らしい気持ちでいるわ。わたしの身体があなたに女を差し出すわ。この女にふれてみて。わたしを殺さないで。もうわたしを殺さないでよ」

砂が彼らの裸足の下で塩だらけの湿った歌を歌い、移動する蟹を驚かせていた。真昼の陽光がオスカル・アナの長身の影を赤く染めた。長衣を着て、トンバルバイエ人風の三角帽をかぶった彼は、花盛りのときの香りをかぎながら、少女の前に一歩出た。突然バノス・マヤはiの字のような恰好で立ち止まって、ベロニカの踊り手が女を愛で包もうとするときのように、彼の身体を引き寄せようとした。「しきたりより先へ行ってはいけない」と、オスカル・アナは言った。「道はふさがってるよ」

「わたし、死にそう」と、バノス・マヤは言った。

「たいしたことじゃない」と、オスカル・アナは答えた。

少女は、緋色のリンネルのドレスを三つに引き裂き、子供の頃住んでいた家へと狂ったように駆け出した。途中、しゅすのサンダルと大きなサングラスと絹のネッカチーフと無数の宝石と真珠を、大西洋に投げ捨てた。ブラジャーも引きちぎった。

バノス・マヤは、まるでヒンズー教の女神のように長い髪を振り乱して、子供の頃に使っていた部屋に入り、嗚咽しながら子供用のベッドに身を投げ、ありったけの力をこめて「いっそ死んでしまいたい。でもそれほど厚かましくなれない」と叫んだ。

彼女は午後ずっと大声をはりあげていたが、二重に鍵をかけたドアを開けようとする者は誰もいなかった。台所にはあっという間にたくさんの人が流れ込んで、押し合いへし合いになって、行き来する人々を収容するには狭くなっていた。

「おい、どうなってんだ？」

「バノス・マヤちゃんが狂いかけてるんだとよ」

「あの娘死んじゃうよ。恋わずらいで。この世は偽りだよ」

娘の父アルチュール・バノス・マヤは連発銃に弾を込め、撃鉄を起こした。そして、歯をくいしばり、怒りに額を砕かれて、まっすぐ進んだ。こうしてオスカル・アナの実験所まで歩いた。

オスカル・アナは、岩や人参をいじっているところだった。テンプル騎士団ふうのエプロンを得意そうに着けて、エルドゥランタ人の縁なし帽をかぶっていた。しきたりでは、このような服装をした男を殺すことは禁じられていた。アルチュール・バノス・マヤは、しきたりを打倒したいという誘惑と闘った。彼は自分の指を噛んで、結局殺人は延期した。オスカル・アナは、アルチュールにブランデーを一杯ふるまった。アルチュール・バノス・マヤは一気にアルコールを飲み、次に音をたてて唾を飲み込んだ。オスカル・アナのようなおかしな服を着た男の言うことは何一つ拒否できないのだ。

「オスカル・アナ、娘を殺さんでくれよ」と、アルチュール・バノス・マヤは落ちつきのない声で言った。彼の目は、銅のような光を、鍛えられたブロンズのようなきらめきを放っていた。「そんなこと、おれの手が許さんぞ」

「こんな片田舎ごときに、わしに性欲（リビドー）を命じる権利なんかない」と、オスカル・アナは言い返した。

「例の愛撫のことを話そうじゃないか」と、アルチュール・バノス・マヤがどもりながら言った。

「そんなこと、話す気分じゃなかろう」と、オスカル・アナは応じた。「いいか、わしはあんたの娘と結婚はするよ。それから、わしがよいと思うことをやってみる。それが何であるか教えろとは言わんでくれ」

「娘はあんたに惚れておる」と、アルチュール・バノス・マヤは言った。「この愛については話し合いで決めてほしい。わしやあんたが、生きる誇りやら生きる理由やらをかけて戦わずに済むようにな」

「何なりと要求してくれ」と、オスカル・アナは言った。「ないものねだりは困るがね」

そうこうするうちに、イニャシオ・バンダが、オッバカン家の子孫がまとう外套を着て、オカン派の信徒協会の幹部の吸うねじまがったパイプを吸ってやってきた。イニャシオ・バンダというのは、ヌサンガ＝ノルダがヴァンボの人々を叩き殺していた頃、泥土地方でたてた武勲で名を馳せた人物だった。犯罪や買収が沿岸地方で最高の価値を与えられていた、古き良き時代のことだ。

オスカル・アナは酒蔵に下りて、モウセンゴケのワイン二本を持って戻ってきた。三人は飲みはじめた。彼らは互いにこっそりと相手をうかがった。アルチュール・バノス・マヤは、オスカル・アナに、口をきわめてワインを褒めちぎった。そうしながら、学者先生がうっかりと縁なし帽を脱ぐのを期待していたのだ。

「こいつは、スアノ・コルドバの本物のワインだよ」と、オスカル・アナは言った。「色と香りで分かるね。沿岸地方でできたワインのなかでは、魂にとり憑くたった一つの逸品だな。ヌサンガ＝ノルダのモウセンゴケというのは、千二百年前、ヨンゴヴィル修道院でブアンサの修道士たちがクローン化した品種なんだよ」

コルク栓が抜ける音が聞こえた。モウセンゴケの芳香が男たちの鼻孔を満たした。イニャシオ・バンダはオスカル・アナに手を差し出し、一杯ついでもらった。彼は、宗教的な儀式でもやるように、美酒の香りを嗅ぎ、一口飲んでから大袈裟に舌鼓を打った。イニャシオ・バンダは、八十六歳の今も手のつけられぬ快楽追求者であって、人生に深みを添える術に長けていた。

「オスカル・アナ、あんたをぶつ切りにしなくて済むように手を貸してくれ」と、アルチュール・バノス・マヤは言った。

イニャシオ・バンダは、杯の底に残っていたワインのしずくを飲みほした。ワインがもたらした快楽の感覚を味わうためだけに、鼻息を荒くし、「ふうむ！」と感にきわまった声を発した。

「例の小娘の件じゃがの」と、イニャシオ・バンダは切り出した。「婚礼は、気まぐれ者の思いつきであってはならんぞ」

彼は、モウセンゴケのワインをもう一杯所望してから、付け加えた。

「たぶん、オンド＝ノートは尻の穴に成り下がっておる。が、だからというて、名誉が命ずるものと腐敗が命ずるものの見分けがつかんほど分別がなくなったら、わしらとしては許すわけにはいかん」

アルチュール・バノス・マヤは銃から弾を抜き、鹿弾十二発をイニャシオ・バンダに差し出した。

「流血を避けて一件落着するように知恵をしぼられよ」

「検討する猶予をくださらんか」と、オスカル・アナは溜め息をついて言った。「アフォンソ・ナンビが提案するとおり、おふざけの結婚をするか、それとも、あんたの言われるように示談の苦役を選ぶか、わしには見極める必要がありますのでな」

「契約に署名されてはどうかの」と、イニャシオ・バンダは言った。アルチュール・バノス・マヤは、弾を抜いてから、銃をオスカル・アナの足元に置いた。戦いをやめて論争をしようという意思を表明して、彼は手の甲で地面を三度軽く叩いた。オスカル・アナの足に長いキスをしてこう言った。

「頼むよ、オスカル・アナ。運命からわしらが殺し合う暇を取り除こうじゃないか。おれたちはそんなに間抜けじゃない」

「猶予をくださらんか」とオスカル・アナは、向き合って懇願するアルチュール・バノス・マヤの調子にほろりとして言った。「わしらは万全の注意を払わねばならんのでな」

アルチュール・バノス・マヤは力のない笑みを漏らした。彼は、学者に最後の一杯を所望した。オスカル・アナはもう一度酒蔵に下りていって、アルコール学者パオロ・メスコナ直筆の署名のある、九〇〇年代製造の錆色の液体を二本持って戻った。一本はあらゆる雷鳴の匂いのする精神の液体であり、もう一本は美しい銀白色のどろりとしたエキスで、その数滴で魂が吸いとられるものだった。夜になりかけていた。

偽りの愛撫。偽りの婚礼。何一つうまくいかないので、オンド＝ノートの民は、あらゆる手をつくして魔法の城壁に割れ目を入れようと試みてきた。だが、おれたちが期待したのは、ただ一つ、年齢のせいでオスカル・アナが死に、少女のほうも娼婦めいた色恋から癒されることなのだ。少女は、何日か、それとも何カ月かは泣き濡れるかもしれない。だが、死んだ男のことなどいずれ忘れてしまうだろう。

「おい、おい！」と、司祭のエスタンゴ・ドゥマが薄笑いを浮かべた。「オスカル・アナは、六万七千の絵文字を母語に解読するまでは死にはせんよ。まだまだ愚行が重ねられる必要がありそうじゃ。運命が小さな指を動かすことはあるまい。もう決まっていることだ。これ以上、話をややこしくしないでくれんか」

交渉は順調に再開した。調停役の人々や後援代表団員や前線部隊員や意欲ある大使や協会員や連合や条約や連盟やリーグや同盟や組合連合などの加入者たちがあふれ返った。おれたちはこれを見て、港が解放奴隷の縁なし帽でいっぱいになって、オンド＝ノートの住人がスペイン人の敗北の象徴となった時代のことを思い出したのだ。

バラアミ・ファンドラが巨大コンサートを開いたが、そのコンサートは銃を埋葬して鹿弾を引き渡す式典に変えられた。娘の父親アルチュール・バノス・マヤと学者オスカル・アナとの間で、秘密契約にサインが交わされていたのだ。秘密を守るために、失業中の屈強な徴集兵たちや元戦士の群れ、そして戯れの大尉と無能な将軍らがオンド＝ノートに上陸した。

「で、いったいどんな契約なんだ？」

「市長と判事と富豪に感謝しようぜ。おかしな奴のせいで大騒ぎになったけど、この三人のおかげで、偽りの結婚の苦役からおれたちは救われるんだから。もう少しで、おれたちは、パスカル・マラ婆さんの予言していた悲劇に封じ込められるところだったんだからな」

「で、いったいどんな契約なんだ？」

もちろん、秘密はほどなく露顕した。契約にはこう記されていた。「沿岸地方とオンド＝ノートを股にかける富豪アルチュール・バノス・マヤは、学者オスカル・アナの仕事に出資することを約束する。ただし、それと引き換えに、学者は娼婦のごとき娘と結婚し、娘の片想いを癒すこととす」

婚礼は三月の第二月曜日の午前中と定められた。それは、オスカル・アナが真夜中に実験所から出て、割れ鐘のような声で次のように叫んでから一年後の、ちょうど同じ日だった。

「分かったぞ！　二十九年間、流氷に頭を当てて考えてきたが、やっと分かったぞ！　近いうちに、島が一つ海の真ん中に呼び出されることになるんだ。その島をガイダラとわしは名づけよう。長さ千百キロメートル。幅千二百キロメートル。さあ、婚礼をしてくれ。でないと頭が混乱しちまう」

バノス・マヤは、黒しゅすのゆったりしたドレスを縫ってもらっているところだった。オンド＝ノートが乱れ飛ぶ螢のなかで眠りについている間、おれたちは、夜遅く彼女が大西洋に向かって苦悩の叫びをあげている姿を見かけた。と、そのときアムシラのほうで、波が狂乱したような鳴き声をあげるのだった。

「オスカル・アナ、愛してるわ」と、小便臭い女は夜中に錯乱して叫んだ。「オスカル・アナ、あなたを尊敬しているわ」

彼女の声は岩のように美しかった。

十二時三十分の苦悩

準備万端怠りなかった。リュウゼツラン酒の大瓶九十二本、ウラジロキンバイ酒十四本、トンバルバイエのキイチゴ酒六本、グラッパ四十本、オー・ド・ブロンズ十二本、オー・ド・フェールのエスプレッソ瓶一本、トウモロコシ・エキス六本、アーム・ド・シュクル六本などだ。おれたちは、角の生えた雄牛七頭と、オンド＝ノートの羊七頭と、ヴァルタノの童貞仔山羊七頭を用意した。仔羊が十二頭、中庭の奥のバノス・マヤの払い下げ地でメエメエ鳴いていた。おれたちは、ヴァンボの方向を見ながら、黒七面鳥を四羽、鮮やかな色のラッパ鳥三羽、赤い雌鳥と青い雄鳥を七羽ずつ絞めた。エジプトの方向を見ながら、白鳩を五十羽絞め、その羽根をむしった。付添い女たちのために、インドの豚三頭を内臓を出してボアの脂肪でローストし、そのほかにもヌサンガ＝ノルダの蛙十三匹とフライにしたアンコウ四尾を用意した。それに、殻なしアーモンド三缶と脱シアン化したキャッサバの塊茎三升。未来の夫に委譲した土地の入り口に洗面器二杯のガヴァ水を用意し、招待客が花嫁に挨拶する前に歯をすすげるようにした。準備万端怠りなかった。六十年の生涯で一度も時間を守ったことがないというので沿岸地方で評判のコスト＝ノルダ市長、エマニ・コンガまでが、時間前に到着した。トンバルバイエの知事マリオ・ナザレ・ネザは、太鼓や軍隊用ラッパ、トランペット、オートバイ乗り、そして三千二百四十人の演奏者からなるコルヌミューズ（一種のバグパイプ）・オーケストラをしんがりにともなって、賑やかに到着した。バルテイヨを治める連邦政府の官僚カルロンソ・ドゥマは、ぬかるみになった道を馬でやってきた。二百キロの道のりだった。彼は、古着とヤマノイモとピーナッツの帝王である大富豪アルチュール・バノス・マヤを表敬訪問にきたのだ。アルチュールの名は、サン・サルバドルから中央アジアのトルコ系国家の津々浦々まで聞こえていた。ゾアンドの市長エスタンゴ・ファーブル・ドパンも自らの非を認めて、富豪との信頼関係を修復にやってきた。ムシラの富裕領主ヨナ・ユヴリ・レヴィは、痛風で関節が痛むのに、蝿のような形の飛行機に三時間も揺られ、貨物室には新郎新婦への贈り物を積み込んで、オンド＝ノートにやってきた。おれたちのもとには、誉れ高く名高い重要人物がじつにたくさん集まっていたわけだ。十二人の市長に連邦政府の八人の官僚、そして退役した五人の英雄的な司令官などだ。英雄のなかには、トンバルバイエの泥土のなかで戦われた九つの民主主義戦争の恐るべき申し子である二人の有名な大佐、ソンブロとマヤ・

マウ・モコモコもいた。イギリスや中国やイエウルシャラミやボゴタやモントリオールやノルウェーの支部など、外国からの特使をおれたちは待っていた。十二時三十分、教皇の特使やスウェーデン王の特使や北アフリカのアラビアの王子をわが国に運んできた飛行機がオンド＝ノートの小さな飛行場で音をたてていた。ヤルタのイスラム教国の首長が、大勢の代表団とともに到着した。金や宝石や絹を身にまとった七十二人の女性に先導されてきた。群衆は、首長の背を一目みるや歓呼して迎えた。エルドゥランタの岩とアンシラの支脈の間には、大西洋と向き合った巨大な観覧席が設けられた。宿泊客の多くは、富豪アルチュール・バノス・マヤが、贈り物であふれる納屋のそば、結婚式場の周囲に建てさせた仮設住宅のなかから宿を選んだ。オンド＝ノートは歌って踊った。至るところで、万歳の声やルンバや狂詩曲やサンバやサルサやカドリーユやブーレや深々とした挨拶やフラメンコが沸き起こった。「世紀の結婚式、ありがたい結婚式」と、おれたちは口々に言った。それというのも、前日、こぬか雨が降ったおかげで、オンド＝ノートに湿めり気がもたらされていたからだ。少女の結婚式にこれ以上素晴らしい空の参加を望むべくもなかった。「わしらは、運命をノック・アウトしたな」と、司祭エスタンゴ・ドゥマが笑った。

新郎新婦を待つ時間になった。十二時三十分だった。ところが、新郎新婦の代わりにおれたちが見たのは、汗だくになって泣きながらやってくる結婚式担当者だったのだ。彼は、大いなる不幸や大災害を告げるときに使われるトンバルバイエのネッカチーフを巻いていた。

「そんな馬鹿な!」と叫んで、アルチュール・バノス・マヤは失神した。

「どんな悪魔がオスカル・アナを刺したというのだ?」と、エスタンゴ・ドゥマが言った。

「あと一歩のところだったのにな」

「どんな悪魔がまたぞろ奴を刺したというのじゃ?」と、アフォンソ・マンガが言った。

相変わらずオスカル・アナを足しげく訪れるのは、おかまのアタマール・コンボだけだった。鍛冶屋のヨナ・アルシバルドさえもついに距離を置くようになっていた。

「オスカル・アナは冷血で馬鹿なんだよ!」

「悪魔と結託してるんだ」と、ネルテ・パンドゥは言った。

「悪魔と結託してるんだ」と、エスタンゴ・ドゥマは言った。

もう少しでことが成就しかけようとしていたとき、よりによって鍛冶屋のヨナ・アルシバルドは病に伏して、約束の日に貞操パンツを引き渡せなくなった。ヨナ・アルシバルドは菜園の除草をしていた。キジムシロを抜こうとして、ハタネズミに左の親指を嚙まれた。嚙みついた獣を引き離すのに医者を呼ばねばならなかった。ひどい熱だった。熱はマラリアを目覚めさせた。マラリアのせいで、鍛冶屋は約束が守れなかったのだ。

「なあ、オスカル・アナ、来月の一日まで納品できそうもないんだよ！」

「まあいいさ」と、オスカル・アナは言った。「来月の一日に婚礼を延期することにしよう」

これに悪魔がからんでいないはずがない！　おれたちはアメリカを呪いはじめた。ヨナ・アルシバルドの静脈には、アメリカ人の十二人の血のきらめきが流れているからだ。無能で卑怯な地アメリカ、悪魔に売られて途方にくれ、金と裏工作の祭壇の上で喉を掻き切られている国アメリカ、そのうえ、無能な鍛冶屋にして電気屋のヨナ・アルシバルドのような糞ったれを送り込み続けているアメリカを、おれたちはこきおろしはじめた。

「運命がこれを機会にのさばろうというんなら、おれたちはヨナ・アルシバルドをリンチにかけてやるぞ」と、マルク・ロペスは言った。

「あいつは、妹とでも寝るような奴さ」と、ナザレ・ネザは言った。「ちくしょう、なんてヤンキー野郎だ！　あいつらタランテラをまだ踊ってやがるんだぞ」

「地球全体に淋病をまき散らしやがって」と、エスティエンヌ・ファーブルは言った。

「運命がおれたちを皆殺しにしようってんなら」と、マルク・ロペスがまた切り出した。

「やられるのはヨナ・アルシバルドのほうだぞ。あいつをリンチにかけてやるからな」

ヨナ・アルシバルドは、オンド＝ノートに住みつく前、ザンバに長い間住んでいた。彼の徳性を示す証明書は白いリンネルのように輝いていた。妻は一人だけ、阿片も吸わず、社会に反抗することもなく、同性愛者でもない。それに外国人や貧乏人や私生児と食事を分け合うこともいとわない。ヨナ・アルシバルドは、肉体的にも精神的にも魅力的であって、行く先々で人に好かれた。おれたちはアルシバルドが気に入っていた。お喋りして、食べて、精神を熱くするという、オンド＝ノートでできるとされる三つの事柄を、彼が器用にこなしたからだ。もし、彼がおれたちと同じように、みんなが気落ちしているときにでも軽口が言えるくらい厚かましければ、おれたちはあいつのことを沿岸地方の生まれだと思ったかもしれない。何しろ、おれたちと同じように、あいつも、何世紀も前に捨て去られた贋の首都バルタヨンサの血の気の多い奴らを嫌っていたのだ。あの男のただ一つの欠点は、動脈に流れるアメリカ人の血のきらめきだ。このように、おれたち沿岸地方の人々は、月面を歩けば天にとどくと信じているとびっきりのしみったれどもの国アメリカに対して牙をむいていたのだ。

「いや、オスカル・アナ、婚礼は延期できんよ。もう招待客が到着しているんだ。百歳になるジョルジュ叔父さんもわざわざ足を運んでくれた。マニュエル・ザマは、ゴミ箱にゴミを捨てるためにわざわざやってくるような男じゃない。オスカル・アナ、地球全体を貞操飾りに封じ込めるのはよせよ。オスカル・アナ、もう童貞って年齢じゃないだろう。おれたちの膵臓を発熱させるのはやめてくれ」

おれたちは、こうしておしゃべりし、話し、交渉した。あちこちからきた人々が代表団めいたものを作っていた。沿岸地方の口達者たち、ベテランの交渉委員、経歴やら財産やらのことを長々と談議する人々、生まれついての理屈屋、罠を取り外そうとする人々などだ。夜遅くなっても、まだ大使たちが相次いでやってきた。だが、学者は婚礼の言葉を口にしようとはしなかった。

「装備を手に入れるまでは、おたくのカマトト娘と結婚する気はないからな」

それから、彼は尊敬を失うのではないかという危惧にかられて、気ちがいめいた報告書を夢中になって書き出した。そのなかで、彼はこれまで、何人もの女におなじみの嘘をつかれたり、寝取られたり、寝取られたことを怒るまもなく家出されるなど、さまざまな手管で翻弄され続け、まさしく恥と軽蔑の土手に敗残者として打ち捨てられてきたことを書き記したのであった。

「だめだ」と、市長が言った。「わしらの町の陰口を叩くんじゃない。娘と結婚するんだ。それが避雷針になるんだ」

「この結婚は、運命が必要としておる」と、賢者エスタンゴ・ドゥマは言った。

「結婚しなければ、オンド＝ノートはこの不運から二度と立ち上がれんだろう」と、ナザレ・ネザは言った。「酔狂な細工物は諦めろよ。人騒がせはやめろ。あんたの許嫁はいい女じゃないか」

「どこのどいつがあんたにこんな入知恵をしたんだ?」と、しきたりの担当者エスタンゴ・ドゥマは言った。「あんたみたいな年寄りが童貞に戻りたがるとはな! お笑い種だよ、オスカル・アナ。腹の皮がよじれそうだ! あんたは、一本の草に森を見せようとしてるんだ。それだけのことさ」

賢者たちの代表団は、しきたりに必要なすべての行為を終えていた。タイセイヨウヒラの香草添えや、蟹のキクイモのエキス風味を食べ、火酒を浴びるように飲んだ。大胆不敵であるしるしとしてリュウゼツラン酒で手を洗った。次に、コスト＝ノルダの大麻の尻尾をかじってから、赤いカオリンで額に鉢巻きをした。そして、一行はオスカル・アナを呼び寄せ、自分たちの際立った知と能力を認めさせるために、地べたに座らせ、大人と同じ皿で食べられるようになるのを待つ子供のように、両手両足を十字に組むように言った。エスタンゴ・ドゥマは、宇宙の神秘を解き明かす言葉など、儀式の決まり文句をオスカル・アナに繰り返させた。これが終わると、もう誰も嘘を言う権利はなくなる。エクトール・オンバは、学者グループのなかの女性三人に出ていくように言った。その理由として、「女は嘘をつくようにできている」という諺を引き合いに出した。グループは学者オスカル・アナへの尊敬を堅固なものにするためにひれ伏した。次に、オスカル・アナがその礼に感謝して頭を下げた。

「あなたは婚礼を延期するわけにはいかん。でないと、醜聞にさらされることになりますぞ」と、マニュエル・ザマが言った。

「この事件にかかわってから、もう十五年になる」と、エスタンゴ・ドゥマが言った。

「事件は腐敗しておらんが、事件のせいで状況が腐敗しておる」

「オスカル・アナ、わしらはお前の男らしい言葉を聞きたいのだ」

学者に言葉をかける前に、賢者たちは全員、順番に意見を言い、取り決めを行った。発言が終わるたびに、彼らは、危機が迫ったときにヴェスティナ人がするような笑い方をした。それから宣誓担当者は、祈禱書の所定のページを開いて、本格的な交渉を始めた。

「オスカル・アナ、わしらは全身を耳にして聞いておる。今日婚礼を延期すれば、一万二千年の古い名誉ある伝統を破ることになる。神に楯つくことになる」

「わしは貞操パンツができるのを待っておるんだよ」と、オスカル・アナは言った。「オンド＝ノートの衆、わしに時間より速く走れと言わんでくれ」

「オスカル・アナ」と、マニュエル・ザマはわめいた。「口での失敗を時間のせいにしてはならん！　われらは、悪い血になじんできた民族だ。オスカル・アナ、それを忘れるな。火山の目に見てもらうために、われらは受胎されたのだ。それを忘れるな」

「忘れているわけじゃない」と、オスカル・アナは答えた。

代表団は休みなく議論した。みんながオスカル・アナに向かって、ナザレ・ネザが自分の治めるトンバルバイエからわざわざやってきたのも婚礼が最重要な行事だからなのだと言い聞かせた。マリオ・ナザレ・ネザを見くびってはいけない。あの男には、雨を降らせる力も日照りを呼び寄せる力もある。石や星や風を読みとれるし、的確に考えることができるのだ。

「あの男を信じるんだ、オスカル・アナ。あの男が婚礼にきてくれるなんて、はかり知れぬ名誉なんだぞ。名誉であり祝福でもあるんだ」

「わしの身にもなってくれ」と、オスカル・アナは言った。「治すより予防しておきたいんだよ。わしは、医者の処方を無視したくないんだ。いいかな、藪医者の奴め、『あなたの心は風邪をひいておる。愛も酒もやめるんですな。今度の愛のベッドが死の床になるかもしれませんぞ』とぬかおったのだよ。わしの身にもなってくれ。あんたがたは、わしに死と結婚しろと言ってとるんだぞ」

「わしの家族のことも考えてくれんかね」と、娘の父親アルチュール・バノス・マヤが言った。「あんたは、あの娘の母でおれの女房だった女を殺した。それでもう十分じゃないかね」

「少女が死にかけてるんですぞ」と、叙任と宣誓の担当者が言った。「言葉を飾るんでなくて、何か行動に移そうじゃありませんか」

「ガンジ!」と、オスカル・アナは濃い唾をトンバルバイエのほうに吐きかけながら叫んだ。こうすることで、自分が「ガンジ」という男としての言葉よりも先に行くつもりのないことを列席者に示したのだ。「雀蜂のようにわしを責めるより、鍛冶屋のヨナ・アルシバルドをせかしたほうがいいですぞ」

「オスカル・アナ」と、ネルテ・パンドゥが言った。「お前の態度は不躾だぞ。賢者に向かって豚肉屋の言葉使いをするもんじゃない」

「婚礼を挙げようじゃないかね」と、オンド＝ノートの市長バノス・リマが言った。「そうすりゃ、もうそんなこと話題にもならなくなるさ」

オスカル・アナはお茶とアルコールをふるまった。そして、ひきつったように大笑いして、繰り返した。「わしは婚礼を拒んでおるんじゃない。ただ、用心に用心を重ねておるんだ。ガンジ！」

アルチュール・バノス・マヤは、三日の期限が過ぎたら、銃を使うことにするという最後通告を行った。使節団も、学者に暇乞いをすることにした。ただ中国人の踊り子シャオ・ゼッペンだけは、横柄なオスカル・アナに、女性を蛙扱いするのは時代遅れだと言ってやるためにとどまるつもりでいた。

「わたし、残るわ。ここに残って、面と向かって言ってやるの。こんなこと気ちがいじみてるって。女は、あんたがた男のヤツメウナギじゃないのよ。女は、男たちとちがって古臭い精神をもっていないの。もっと進取の精神をもっているのよ。わたし、残るわ。オスカル・アナ、ここに残って、あんたの後頭部にこの真実をたたき込んでやるわ。女は、いつだって男より大きいのよ」

「シャオさん、わしらをラテン民族といっしょにしないでくれよ」と、オスカル・アナは答えた。

「あんたは、魚竜みたいな唖であの娘に魔法をかけたのよ。それなのに、あの娘があんたを愛するようになったとたん、今度はあの娘を腐った魚みたいに拒み出したんだわ。あんたに少しでも情けというものがあるのなら、それを見せるときじゃないの。でないと、わたし、得意の手を使うわよ。オスカル・アナ、わたしに、あなたを強姦させるようなことはしないで。オスカル・アナ、わたし、あんたに、女が七面鳥じゃないことを見せてあげるわ」

「わしにだって、自分の望んだときに、自分が望んだ女と結婚する権利がある」と、学者は言った。

それから、彼はこの闖入者にお茶を一杯すすめた。

「オンド゠ノートは呪われた穴よ」と、シャオ・ゼッペンは言った。「ウスターシュ・ヌニが雌牛を使って自分の激しい欲望を満たそうとしたときから、呪われているのよ。このことご存じ、オスカル・アナ?」

「承知しておる」と、学者は答えた。

「それからというもの、大地は狂ったのよ。わたしたちの愚かさを快く思っていないことをほのめかそうとして、大地は叫んでいるの。断崖は絶えず吠えたてるわ。大西洋はうめき、山は鳴き、空は夜じゅう叫び、石ころはずっとふくれっ面をして、トムソアラの黒い泥を天空に投げつけるの。オスカル・アナ、大地の予言が聞こえないふりをしてはいけないわ。大地がわたしたちに剣で切りつけるを手助けしないで」

事実、ピエトロ・エスコバル断崖は、まるで羽毛のように風に吹きつけられ、もとの場所にはこなごなになった石の残骸しか残されていなかった。そして、その中央には溺れる者が水面に差し出す腕のような小枝状のこげた玄武岩がそそり立つばかりだった。だから、おれたちはその玄武岩を「彗星の手」と名づけたのだ。

「バノス・マヤは、あなたへの叶わぬ思いで死にそうなのよ」と、シャオ・ゼッペンが言葉を次いだ。「この恋は、全宇宙と同じくらい人騒がせなの。この世から世界じゅうを消してしまう恋なのに、何とも思わないの?」

オスカル・アナはふっと立ち上がって窓辺に行った。波を混ぜ返している大西洋をずっと眺めていた。その晩、すべての者が彼にバノス・マヤの恋心について話しかけようとするのに、オスカル・アナは、大西洋の只中のグラパニとモント＝プエブロの間の地点をじっと眺めるばかりだった。彼の目と思考は、大西洋のその場に釘付けにされていた。あのあたりで島が正式に産声をあげることをこの学者は知っていたからだ。計算はすでにかなりはかどっていた。その計算たるや、さながらちんぷんかんぷんな記号の嵐の巻き起こる数字の海のようだった。夜が更けると、シャオ・ゼッペンは、万策尽きてオスカル・アナに海岸を散歩しようと言い出した。

二人は歩いた。足裏で砂が軋り音をたてた。そよ風が二人の顔を撫でた。オスカル・アナは、数字と定理と公理を打ち砕きながら歩いた。

「あのぽっちゃり娘と結婚なさいな」と、シャオ・ゼッペンが言った。「この問題はもう腐臭がしてるわ。可愛い娘ちゃんと結婚すれば、心機一転するわよ。運命のせいで、私たちが悪魔の尻尾を引っ張らずに済むように、先手を打つのよ。何にでも先手をね」

「近頃の女ときたら、何と醜いことか」と、オスカル・アナは笑った。「ややこしいことをしたがるし、肉体には神秘性が欠けておる」

「要は先手を打つことよ」と、中国女は言った。「何にでも先手をね」

真夜中を過ぎていた。空に月がきらめいていた。流れ星が一つ、グラパ・ニ＝ムアントの真上で燃えるような軌道を描いた。

「町じゅうが、どうしてわしに蛇の子を飲み込ませようとするのか、その理由が分からん」と、オスカル・アナは言った。

「あの少女と婚礼を挙げるのよ。そうすれば分かるわ」と、シャオ・ゼッペンが言った。

「そうすれば、地球がまた丸くなるの」

「大げさに言わんでくれんか」と、学者は言った。「たいしたことじゃないんだから」

「鼻孔も心も、あなたの体臭でいっぱいになっちゃったわ」と、シャオ・ゼッペンは言った。「ねえ、わたしの腕をとって。そうしてくれたら、堂々とした男に見えるわよ」

二人は海辺を歩いた。波は溜め息をついていた。その溜め息は、はるか昔、大西洋がエスティナ・ブロンザリオ暗殺の悲劇に疑惑があることを人々に知らせようとしたときの様子を思い起こさせるものだった。ブロンザリオというのはオザンナの創設者の子孫だったが、あるとき、雌豚のように内臓をえぐり出され、ぶつ切りにされ、沼地の石の上で五百七十四の肉片にされて、ばらまかれたのだ。肉片がばらまかれたのは、ちょうど、ルヴィエラ河が、三百十二メートルの三角形の巨大な御影石の上で、八万立方メートルの泥だらけのレモンの形になって広がっている部分だった。そして、それが起こったのは、ヌサンガ＝ノルダがウアンゴの丘の爆発で血の湖に変わってしまうほんの数カ月前だったのだ。シャオ・ゼッペンとオスカル・アナは海辺を歩いて、バルタヨンサの岩でできたベンチにたどり着いた。そこで、恐怖のなかの恐怖を発見した。潮が残した残骸と汚物のなかに、鯨の群れが横たわっていたのだ。七千七百七頭の哀れな獣たちはもうこと切れていた。

翌日、鍛冶屋のヨナ・アルシバルドが、汗だくになり意識朦朧としてやってきて、あの不和の器具、あらゆる不運をもたらす機械をオスカル・アナに手渡した。それは、驚くべき鉄屑であり、貞節の仮面であった。そこには、恐ろしい鍵と昔ながらの欲求を満たすための二つの穴が装備され、宝石が象嵌され、ベルベットの馬衣でくるまれていた。「よかった」と、学者オスカル・アナは言った。「これで、結婚式はまちがいなく日曜日にできる。お望みどおり、現金で支払うよ」

群衆は歓喜を爆発させ、歌い出し、踊り出し、はめをはずして大喜びした。感きわまって自分の衣服を引き裂く者もいた。涙を流し、鼻汁まみれになり、目を赤くし、髪を振り乱してやってきて、興奮して泣きながらオスカル・アナとバノス・マヤの二人を情熱的に抱きしめる者もいた。

「やったわ」と、婚礼の証人になるシャオ・ゼッペンはわけもなく泣いた。「婚礼は日曜日よ。バノス・マヤが勝ったのよ。女はいつだって男よりしたたかだもの」

「恋する男が萎えてしまいさえしなければよいが」と、司祭のエスタンゴ・ドゥマがヴァンボ人特有の嘲るような辛辣な言葉を放って、溜め息をついた。おれたちはヴァンボ人を「アフリカのオランダ人」と呼んでいたのだ。

婚礼が予定されている日曜日、まぶしく黄色い八月の太陽がいつものように昇った。太陽は、オヴァッサと泥の国とを隔てる矢のようにそそり立つ御影石を燃え上がらせた。太陽が粉のような光でマガ＝ヤマの頂を赤く染め、水晶のようにきらめかせた。ゴンゴロの上空でカモメが旋回し、なまなましい空の青に翼を広げた羽根が映える七時になると、前日トンバルバイエから到着したジョルジュ叔父さんが、死者たちに婚礼を知らせるために、銃を十二発発射した。大西洋のほうに三発、オヨンゴ島の墓のほうに三発、ヴァルターノのほうに三発、空に向けて三発だ。バノス・マヤの家の中庭は、黄色と白と青で美しいヌサンガ＝ノルダの旗で飾られた。シュロの葉と花があちこちに広がっていた。小道や所有地の入り口で香が焚かれた。その間に、群衆は動き出した。オスカル・アナは、蝶ネクタイを締め、フロックコートを羽織ってめかしこんでいた。七百十二人のオーケストラが、絶えまなくアフォンソ・ザンガール・コンガのヒット曲を演奏した。

ところが、十二時三十分頃になると、不可解なことに、空がいきなり怒り狂った。祭りの準備をしていると、空が滝のような雨とコンクリート・ミキサー何台分もの雹を降らせはじめたのだ。夥しい閃光の筋に引き裂かれた突風が、空のあちこちを打ち砕いた。唸り音があがった。ひゅうひゅう音がした。まるでグラスが割れるかのように木々が折れた。家々は根元から震えた。

「やめてくれ、空よ」と、憲兵のペドロ・エスコバルが溜め息をついた。「こんな馬鹿なことをするんじゃない」

「やめてくれ、大地よ」と、司祭のエスタンゴ・ドゥマが言った。「こんなふうにわしらを苦しめる権利は、あんたにだってない」

土砂降りになった。天からパンほどの大きさの堅い水が凄まじい音をたてて降ってきた。こんなものを見るのは初めてだった。分厚い雲のせいで、真っ黒な闇が居すわり、闇は細長い閃光の亀裂に引き裂かれた。「南」はいきり立ち、「北」は丘に嚙みつき、「東」は怒りの爆発を起こし、「西」は沸騰を続けた。島々は、大西洋という無分別な肉体のなかに姿を見せたり、また姿を隠しりした。地獄のような流れだった。狂った風の騎行が、八方を駆けめぐっては、アニオ山の矢のように尖った頂と頂に挟まれてやっと勢いを失うのだった。屋根は吹き飛ばされて壊れ、壊れて廃物とゴミになった。エルドゥランタ島が鈍い唸り声をあげた。

「やめてくれ、神々よ」と、デスティエンヌ・ファーブルが言った。「わしらにおどけを飲ませんでくれ」

「空が婚礼に口出ししてるんだ」と、マニュ・カルドソが言った。「ああ！　この結婚式といったら。ああ！　あのキスといったら。これはきっと、空がおれたちをとがめているんだ。オスカル・アナが長い間待ちすぎたってことだ」

午後三時になっても、まだ漆黒の空が恐ろしい閃光に縫い取られ、風雨が続いていた。夜と雲が結びついて、あっという間に闇は広がり、今にも大陸の骨を飲み込もうとしていた。

突風は竜巻に変わり、雨は衰えることもなく、途絶えることもなく降り続けた。愛撫は、おれたちに対して、想像を絶する悪ふざけも、想像できる悪ふざけも、ありとあらゆる悪ふざけをした。スペイン人やナザレ人の論理にとり憑かれていたオスカル・アナさえも、運命がおれたちを容赦しないつもりだということにやっと気づいた。バケツをひっくり返したようなひどい雨を降らせたり、ザパ＝トンピュールの岩や地鉄を絶えまなく打ちつける雹を降り積もらせたり、天がオンド＝ノートや沿岸地方にこんなにひどい天気をもたらしたのは、運命の悪ふざけ以外にどんな理由が考えられよう？

熱意にあふれた使節団が、ふたたびオスカル・アナ宅に入った。オスカル・アナは、彼らに最高の酒とつまみをふるまった。オンド＝ノートのしきたりを守って、コーラ飲料と煙草も数本配った。それから、嵐が静まりしだい婚礼を取り結ぶので、ご懸念いただいた件はかたがつくだろうと報告した。残るは、風の問題だけだ。大願成就はまちがいなし。オスカル・アナは男の約束をし、その言葉をコンガディ＝ヌト＝ヌトラの方向に三回吐き出した。

「この厄介な突風がおさまりしだい、あの娘と結婚する。わしの言葉を信じてくれ。残された全精力を傾けてあの娘を愛します。これは男の約束ですぞ。宙づりにし、釘刺しにした誓いの言葉ですぞ」

群衆の拍手はなりやまなかった。そうしている間にも、そのニュースは、さながら山火事のように、街から街へと広まり、家から家に、家族から家族へと伝わっていった。
「オスカル・アナは理性を選んだんだ。やっとおれたちはひどい苦役から逃れられるぞ。時間はまた時間の意味を取り戻すことになるんだ」

新婦が両親の家で爪の手入れをして、髪を編んでもらっている間、オスカル・アナは実験所に二重に鍵をかけて閉じこもっていた。大西洋の真ん中に島を出現させるという悪魔めいた企てに、最後の手を加えていたのだ。おれたちとしても、頑迷な恋に落ちたグラマラスな少女バノス・マヤと学者とを結びつけるには、台風が静まるのを待つしかなかった。だが、昼から夜、夜から昼へと、ただ時が過ぎゆくばかりだった。土砂降りは続いていた。突風が、閃光やゴロゴロいう雷鳴と共同戦線をはっていた。まるで家々の屋根の上で獣の群れが足踏みをしているかのようだった。回教寺院や大聖堂や修道院や教会や犠牲の祭壇や奉献堂などの信仰の場は、天が機嫌を直してくれるよう祈る人々でいっぱいだった。おれたちは、神々のなかの神であるジャアとイスラム教徒の神アラーと水の神ザングロボッタンと砂の神クシェイと風の主神ザブールゴンと突風の神々アンゴ、アビヨン、エロンと血の神々エロイム、オショワ、ゼロアンに懇願した。加護を祈り、哀願し、懇願した。だが、天と地の神々は口をつぐんだままだった。おれたちは、大声で、あるいは小声で、あるいは押し黙ったまま、正義が下されるよう祈願した。けれども、状況は悪化するばかりだった。十万トンのむき出しの御影石の上に建てられ、九世紀間存続したエッファサールの塔が嵐で倒壊し、投げ出されて石ころになったのだ。エッファサールの塔といえば、九十二階建てで、幅千七十六ピエあって沿岸地方第一の誇りであり、トンバルバイエやヌサンガ゠ノルダまで見渡せた。今では、その誇らかなかつての摩天楼は、ノグエラの街の泥と汚物のなかにばらばらになって横たわっていた。摩天楼のオジーヴに使われていた金と展望台の銅が、濁り水のなかに散乱していた。ちょうど同じ頃、トゥロア断崖までもがカルファライム山の支脈の豪雨に運ばれて、大西洋のほうへと九百メートルほど滑り出していた。そのため、イノンボ岬は二つに切り裂かれ、軟水の最大の貯水池であるタンガラ湖の水は放出されることになってしまった。

二週間続けて、空が空から落ちてきて、大地はねばねばする悪臭の泥に変わった。大地は、まるでオンド゠ノートが浮かぶ赤ワインの煮汁のようになった。おれたちの町は汚い廃棄物や、流れ漂うプラスチックや、動物の死骸があふれて、奥の奥まで穢れていた。風はやみ、激しい音は限りない静けさに王座を譲り渡した。

「そのうち空が落ちてくるかもな」と、人々は口にした。

「ここは、そこらの大地とはちがうんだ」と、学者オスカル・アナの叔母にして義母であるパスカル・マラ婆さんが溜め息をついて言った。「ここは一万二千年の歴史のある国なんだ。過酷な生活という鉄であちこちを鍛えた、ちゃんとした名誉の歴史のある国なんだ」


だが実際には、おれたちの町は泥だらけの廃墟に変わり果てていた。ゴミ箱の底のように黄色く傷だらけになって、パンや石や沖積土が溜まり、根こそぎにされた木々や倒れた家や不吉な骸骨が散らばっていた。空は落ちてはこなかったが、突風がオンド＝ノートに滅亡の印をつけていた。突風がおさまると、潟や末無河ができて、蛇や蛭や蛙や赤ウシガエルが大量発生した。ヤオ川は激しい外傷を受けて逆流を始めた。大西洋に流れ込まずに、ロアンガの窪地のほうへさまよい出て、ジョアシャンヴィルの南東千キロメートルにあるトレオ＝ジラールの縁まで海水を運んだのだ。

「いや」と、市長は言った。「オンド＝ノートを水と泥と赤ウシガエルから解放するまでは、婚礼を祝ってはならん。町を蛙の支配下に置いたままにしておくわけにはいくまい。

末無河を干潟にして、不潔な生き物は追い払って皆殺しにしよう。放っておけば、生き物どもは奴らの『イリヤス』を謳歌して、われわれの鼓膜を破るだけではものたりず、大水でも壊滅を免れた収穫物に大きな被害をもたらすだろう。わが町は赤ウシガエルとコレラに対して臨戦体制に入る。婚礼は延期されよう」

容赦のない戦争、痛憤やるかたない十一カ月戦争。悪臭を放つ生き物との全面戦争だった。殴り殺そうとしても、奴らは腫れ上がるだけだ。頭を切り落としでもしないかぎり死なない。それに、断末魔には、胃を吐き出したくなるほどの悪臭を放つのだ。

赤ウシガエルとの戦争が十一カ月と一週間続いている間、少女はウエディング・ドレスを脱がなかった。自動人形のように行ったり来たりし、恋歌を口ずさんで待っていた。彼女の瞳は信仰と恍惚に震えていた。アルチュール・バノス・マヤは、狂ったような陶酔から娘の気をそらそうと、昼食会に次ぐ昼食会、レセプションに次ぐレセプションを催した。

「なあ、オスカル・アナ。不運が入り込む前に、この冗談を終わりにしようじゃないか」と、娘の父親アルチュール・バノス・マヤは使節団をともなって学者の家を訪れて言った。

使節団がくるときにはいつものように、オスカル・アナは酒類と料理をふるまった。その晩は、海老のカナペ炒めインゲン添えとグロミッシェル・バナナのフトゥとカワヤツメウナギのヤマノイモ粉末揚げを添えた。食事は盛りだくさんで美味だった。使節団は御馳走を満喫した。

「ことをもっと洗練させてはどうかな」と、オスカル・アナは言った。「婚礼を厳かに行って、世界に印象づけるんだよ。それにしても、町が復興するまで待つという市長の考えは正しい」

「何だって?」と、アルチュール・バノス・マヤは息を詰まらせた。あわてて火酒を一口飲みほしてしまった。

「この世で偶然ほど利口なものはないんだよ」と、オスカル・アナは言った。

「神のほうが、偶然よりは利口さ」と、アルチュール・バノス・マヤがやり返した。

「今度の十一月十一日にヴァンボ沖に島が一つ誕生する。あれこれ計算してみたが、どの計算をしても一致するんだよ」と、オスカル・アナは言った。「まさしく石とスレートの誇りだよ。目の前で、五十年におよぶ研究の決定的成果を拝めるんだからな。市長と神は理性的であってほしいものだ」

「だから、何なんだ?」と、アルチュール・バノス・マヤが尋ねた。

「一石二鳥だろうが」と、オスカル・アナは言った。

「十一月までは待てん」と、ネルテ・パンドゥーは言った。「あの娘が死んでしまうぞ、糸みたいに痩せておるのだからな」

「オスカル・アナ、時間と戯れるなんて尋常ではないぞ」と、市長バノス・リマが詰めよった。

「わしは、バノス・マヤとその島で結婚するつもりだ」と、オスカル・アナは言った。

「素晴らしいじゃないか」

「オスカル・アナ」と、エスタンゴ・ドゥマが言った。「先祖の名において、天と地の名において、君に決定を求める。オンド＝ノートを救済しよう。姑息なことは避けようではないか」

「あの娘が死にかけておるんだ」と、ネルテ・パンドゥーが言った。

「なあ、オスカル・アナ、結婚式をあげてはどうかね。つべこべ言わずに」と、バノス・リマが言った。

「バノス・リマ、ロブスターを食べたらどうだ」と、オスカル・アナは言った。「ちょうどいい具合にあつあつだよ」

「相手があの娘なら子宝に恵まれますぞ。そうなればあなたも幸せでしょうに」と、使節担当者は言った。

「あの娘、美人だしな」と、判事が言った。「あんたは果報者だよ、オスカル・アナ」

だが、オスカル・アナは例の島について長々と話をするばかりだった。彼はその島を、まるでグラパニとオンド＝ノートの間の黄褐色の海の真ん中で、鱗を横たえる美しい生き物のように描いてみせた。減圧ポンプはすでに設置されていた。研究と結果がはっきりしたからには、地質構造学者オスカル・アナの成功は疑いない。ポンプを作動させて、山を聳え立たせるのと同じくらいの力で海面下の岩盤を屈伏させるのだ。島は、四十七日と四十七晩かけて大西洋から出現してくるはずだった。学者は輝いていた。彼の瞳はベロニカを踊っていた。

「一石二鳥だよ」と、オスカル・アナは言った。「まったく植民地化されていない、誇り高い獣のような島がヴァンボ沖に伝説のように姿を現すんだよ」

「オスカル・アナ、わしらには、あんたの島とやらを待っておる暇などない」と、司祭のエスタンゴ・ドゥマは言った。「少女が恋わずらいで命を落とす前に、婚礼を挙げねばならんのだ」

「わしらに襲いかかる絶好のチャンスを運命に与えてはならん」と、マニュエル・コマが言った。「婚礼を挙げて運命をドリブルでかわそうじゃないかね」

「わしがどんな革命を起こすか、見てるがいい」と、学者は大西洋の真上に目と思考をさまよわせながら言った。「しばらくは、あの人口島を見てるがいい。が、そのうち、大西洋のど真ん中に六番目の大陸を創ってみせるぞ。処女地が海の底から浮き上がってくるんだ。真新しい大地は、全体が黄金と泥土とマグネシウムに覆われていて、輝くような塩の汗をかき、堆積物やガレー船や船倉に宝物を満載したカラク船をまとって現れてくる」

「ねえオスカル・アナ」と、バラアミ・ファンドラが言った。「あんたに、大西洋を雲のなかに送り込むことなんてことはできっこないわよ」

「コンゴとポルトガルをいっしょにしたぐらいの大きな島なのだよ」と、オスカル・アナは言った。「これで、肥沃な土地不足という問題に答えを出したことになる。一石二鳥のおかげで、わしは、歴史のない大地、正真正銘のわしの血族の所有地を生み出すんだよ。こうして、〈地球〉最後の人類が、歴史の重みや三千年の欲求不満と恥辱と全否定に洗われて、〈地球〉最初の人類になりかわる。今世紀は疲れきっておるからな。わしは、科学万能主義の喜劇より一歩先んじて、今世紀をその台座に置きなおしてみる。あんたがたは、わしの島が朝日にきらめいて、ハーブや薔薇の木で黄色くなって朝霧に煙るのを目にするだろうて。緑が爆発し、蔦植物に覆われた素敵なジャングルの下で島が泣き、島が輝くのが感じとれるだろう。わしはオンド＝ノートの運命を叩き壊す。淫売窟のなかの淫売窟を世界の中心に変えるのだよ！」

学者は実験所の重い扉の後ろに姿を隠した。使節団は、それを機会にそっと視線を交わした。オスカル・アナは気がふれたと考えたのだ。エスタンゴ・ドゥマは、結婚についての折衝を先に進めようと、あわてていくつかプランを示した。だが、すぐに、学者が地球儀を握りしめて戻ってきた。彼は夢中になって、相手の気分などおかまいなしに、アラビアほどに巨大な島々の話をしてきかせた。

「西経四十度に、もっとも美しくもっとも肥沃な島が生まれるんだ。十年後、大西洋は確実に、ゴヤとパルメスとアビランテスとヌオーヴォ＝アンシールとタマムールとウエッソ＝ノートとガルゴラとランガ＝ノートとコルバニとエコバリオヴィルとアバニとアイヨ＝ムエントとヤンボ＝ノートとズンボとカロリーヌの間の、馥郁たる内海の集合になる」

「おれたちの頭にキスするなよ、オスカル・アナ」とナザレ・ネザが言った。「おれたちは、お前がバノス・マヤと結婚するようにとやってきたんだぞ。結婚しろよ。そうすりゃ、ばかげた島なんて、いくらでも増やせるさ」

「正気を取り戻しておくれよ、オスカル・アナ」とメルシオール・ラマが言った。「そうすりゃ、オンド＝ノートはオンド＝ノートのまんまだよ」

夜が明けようとしていた。みんな、そこで飲み、食べ、よた話やたわごとを耳にした。使節団はうとうとしていた。目はどんよりとして、注意力が散漫になっていた。ニシンダマシの骨と骨のあいだに、空瓶が転がっていた。グラスは欠伸をし、フォークはヤマノイモと魚で傷んだ歯をのぞかせていた。

「不運と戯れるなんて、たいしたものよ」と、エスタンゴ・ドゥマは溜め息をついて言った。

夜が明けると使節団はオスカル・アナ宅を辞した。彼らには、学者を新たな狂気から引き離すことはできなかったのだ。少女は、父親から大異変が起こったことを聞かされた。彼女は自分の部屋に閉じこもり、ウエディング・ドレスを引きちぎって、おいおいと泣きはじめた。食べるのを拒んだ。小娘を怖がって、小さな幸福さえ与えることができないくせに、山を持ち上げようと願う学者オスカル・アナを、オンド＝ノートの人々はあざ笑いはじめた。

「彼の肩から銃がずり落ちたのさ。やい、小便学者、あんたが話し合いで婚礼を決めようとしないんなら、アルチュール・バノス・マヤに頼んであんたのキンタマに鉛をぶち込んでもらうよ。そうやって恋が終わって、あんたが死ねば、おれたちはおふざけの愛撫の帝国から逃げられるのさ。なあ、アルチュール・バノス・マヤ、オンド＝ノートの人々はあんたに、オスカル・アナをぶつ切りにして、びっこのキスとそのキスの幻滅の暦に決着をつけるように頼んでるんだ。オスカル・アナを始末してくれ。そして、オンド＝ノートの古文書の埃のなかに、この件をしまい込んでくれよ」

情けないことに、おれたちは罪の扉を通ってキスの帝国から外に出られると思い込んでいたのだ。武器は磨かれ、油をさされ、装填された。アルチュール・バノス・マヤは、大罪を犯す勇気を得ようと、浴びるように火酒を飲みはじめた。

だが、ある朝、オスカル・アナは、髪をかき乱して、鉄砲を肩に、鹿弾を詰めた弾帯を腰に結び付け、弾帯をもう一つ肩にかけて、実験所から出てきた。そのほかにも弾薬が彼の乱れた白髪のなかにもぐり込んで、薬莢の銅をのぞかせていた。

「オスカル・アナの様子が変よ」と、ファーブル・マニュエル・デスコバル大佐夫人が笑って言った。

「どこへ行くのかねえ?」と、みんな尋ね合った。

「悪魔のところさ」と、ポワヴル・ネマ・オンゴは言った。

オスカル・アナは悪魔のところに行こうとしていたのではなかった。少なくともその日は。彼は結婚問題の新たな条項を市長に示すために、自ら市長に会いに行こうとしていたのだ。彼の頭のなかでは、ことは万事順調だった。彼としては、気の触れたアルチュール・バノス・マヤが、有力者にそそのかされて罪を犯すようなことがないように手筈を整え、万全の注意を払って、角を丸くし、幸運の均衡をはかり、気分を調整し、影の領域を退けようとしているつもりだった。市長は目に少しだけ哀れみを浮かべて、オスカル・アナを見た。オスカル・アナは判事に護衛をつけてくれるように頼んだ。彼が言うのには、何をするにも司法官に知らせておくべきだからだ。命題が仮説と交わり、蓋然性は可能性を含み、思考は言動に結びつくのだとオスカル・アナは述べた。市長は重々しく溜め息をついてから言った。

「オスカル・アナ、そこが厄介なところだ。事件はちがった展開を見せておる」

「そう、そこが厄介なところだ」と、判事が畳みかけた。

そして、判事は学者に赤い封筒を差し出して、運命が大きな侮辱を行っているかを自分の目で確かめるように促した。学者は眼鏡をもっていなかった。判事の眼鏡を借りた。二人の視力に差があったので、判事の眼鏡ではよく見えなかった。市長が、学者に手紙を読んでやろうと言い出した。そして、手紙を読む前に、彼は、こんなコメントをつけた。

「嘘が始まったときに、あんたがあの娘と結婚しておれば、こんなことにはならなかったんだがな」

ああ、その手紙ときたら！　きらきらする黄色い便箋に赤インクでしたためられた手紙で、字は最初から最後まで震えて踊っていた。

「今や一切が明らかじゃ」と、エスタンゴ・ドゥマが言った。「人類を根絶やしにせんものと、天空から黒い大穴がやってくる。その速度たるや秒速百キロほどじゃ。これはすべて、『モシュマ＝ドゥマ』の予言に書かれておったことだ。〈少年が、天体ほどに麗しい処女のために心を傷めると、天が来たりて地球を縫い直す。一切が金と銀の埃になろう。かくして、終わりのなかの終わりから始まりが生まれる〉とな」

おれたちから五世紀が盗み取られた

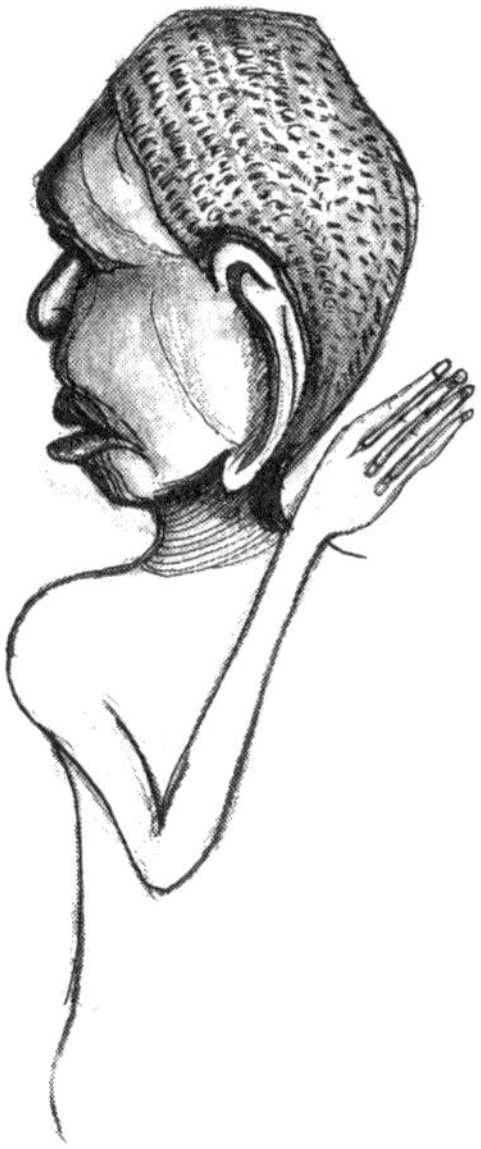

いとしい愛と親愛なる魂に

ぼくの心をあなたに伝え、ぼくの心をあなたのところまで運ぶのに、どんな言葉が黄色の心をぼくに貸してくれるのでしょう？　ぼくの身体は震えています。ぼくの血は揺れています。親愛なる魂よ、これがぼくの熱烈な要求です。何度も何度も告白したとおり、ぼくは恋しています。あなたの笑い声、あなたの息、あなたのグリセリンの匂い、あなたのけなげな魂の覆いであるぽっちゃりした形が、どうにもならないぐらい恋しいのです。これが人生なのでしょうか……。でも、ぼくの受難を名づける本当の言葉をどこに見つければいいのでしょう？　やさしく味わい深いあなた、ぼくはあなたのすべてに思いをはせます。何てぼくたち脆いんでしょう！　でもメドックのワインと同じくらい深みがあって、九月の青空と同じほど澄んだあなたの顔の表情が急に変わったとしたら、ぼくはすぐにそれに従います。ねえ、大好きなかた、ぼくの存在の味を味わってください。ぼくは、もう待ちくたびれましたし、期待しすぎましたし、泣きすぎました。さあ、いとしい人、天がどうするか、あなたは知るべきです。ぼくはこの愛に死んで、短かすぎる人生から逃れたいのです。許してください、大好きなかた。ぼくの命がもうたった一晩しか残されていないのを許してください。ぼくはあなたの誇り高い肉体にひそむ何かを揺り動かしたくて、魂をすりへらしてきたけど、駄目でした。もう呼吸できなくなってきたので、死ぬことにします。ぼくへの愛を拒むあなたの心より力強い活力をぼくは見つけられませんでした。ぼくは死の旗のもとに赴きます。死、それが今ぼくの唇にのぼる最後の言葉です。あなたのすべてに思いをはせるため、ぼくは死の淵に下りていきます。さようなら、最愛の人。

ルカス・モンディオ・アトンディ、九月四日夜

「男の子がバノス・マヤの窓の下で首を吊ったよ」と、判事が言った。「今朝五時のことだ。もう取り返しがつかんな」

「厄介なことになったな」と、市長が言った。

「厄介なことになった」と、判事が言った。

「明日眠る奴はよく眠るってことだよ」と、オスカル・アナが言った。

「あの娘と結婚しろよ。そうすりゃ、こんなことは二度と起こらん」と、市長は言った。

司祭のエスタンゴ・ドゥマがおれたちに、めんどりがなぜ一晩中クワックワッと鳴いたのかを説明してくれた。パスカル・マラ婆さんも不安を感じていた。めんどりが騒いだのは、われわれに警戒を促したいという自然の願いのせいだ、と彼女は考えていた。ところが、おれたちの耳は使いものにならなくて、自然の力の秘密を聴きとれなかったのだ。叫ぼうが、ぴよぴよ鳴こうが、泣きわめこうが、おれたちには聞こえなかった。

「あんたたちみたいに空威張りばっかりしてると身の破滅だよ」と、少年の柩に夥しい粘土が降りかかるあいだ、パスカル・マラは言った。「わたしゃ星を観察してたんだよ。すると、星団がめちゃくちゃにヴァルタノの方角に流れはじめるのが見えたんだ」

「星が学者オスカル・アナの島に抗議にやってきたのじゃよ」と、デスティエンヌ・ファーブルは切り出した。「前にも予言しておいたはずじゃ。地球が膨張するときには必ず太陽がからんでいるものじゃ」

オンド＝ノートに平穏が戻った。もう赤ウシガエルもいない。泥土もない。壊れた家や、ずたずたになった断崖の眺めや、傷つけられた木々を除けば、突風の爪痕は豊かな緑に取って代わられていた。オンド＝ノートは、九月の酷暑のなかでまどろんでいた。愛撫事件も眠りについていた。小さな衝突のあとに力の均衡が生まれていたのだ。バノス・マヤ自身、恋やつれを飼い馴らし、激しく求めることをやめ、激しい興奮とも縁を切って、穏やかな情熱を選んだようだった。ただ一つのことが人々の心を捉えていた。科学界の大御所たちがゴーサインを出したのだ。この大御所たちは、驚いたことに、モスクワとロンドンとワシントンで三つの決議文書を出して、「学者オスカル・アナの予告どおり、島々の出現は、科学的にも、良心的にも、戦略的にも、生態学的にも、すなわち、あらゆる点で大いにありうる」と認めたというのだ。

オスカル・アナは、トンバルバイエの知的擁護アカデミーで特許を取り、自分の発見を公にし、かつそれを擁護した。専門家、素人を問わず、世界じゅうから男女がやってきた。オンド＝ノートに一時滞在しているあいだも、彼らはオスカル・アナの発見について、もっと詳しく知りたがった。大西洋の底から引っ張り出されたこの大地、人跡未踏ではあるが、トンバルバイエ在住の海洋大臣の許可が下りるまでは耕すことも住むことも禁じられているこの大地について、彼らはあれこれ質問した。

「オスカル・アナはヴァンボにいるような、単なるジャズ狂なんかとはちがうのさ」と、人々は口々に言った。「料理の本を五、六冊読まないと何を火にかけたらいいのか分からないヌサンガ＝ノルダのジャズ狂などともちがう。オスカル・アナは、おれたちを恥から救い出してくれるんだ」

「オスカル・アナは、所詮そこらの人間とはできがちがうのさ。彼は薬を発明したんだ。ずっと昔から黒人が受けてきた中傷や、知の専制君主のせいで、おれたちの民族が封じ込められてきた軽蔑から救い出してくれるんだ。オスカル・アナ万歳！」

　この世が今まさに滅びかけようとしているというのに、おれたちは、またも踊ってふざけるという偏執にとり憑かれ、まどろむような時間にのめり込んでいった。かつて、オザンナとヌサンガ＝ノルダがエスティナ・ブロンザリオ殺しを企んでいたときも、おれたちは同じようにへらへらしていたものだ。イニャシオ・ファーブルが、老いたソンブロ大佐の代わりにルーマニアで買いつけておいた爆薬を、民主主義戦争が終わってしまったために、ネズミやバッタやゴキブリやオオムカデやオザンナの蚕をぶち殺すのに使って素朴な栄光を得ることにしたときも、おれたちは同じようにへらへらしていた。傲慢の発作にと

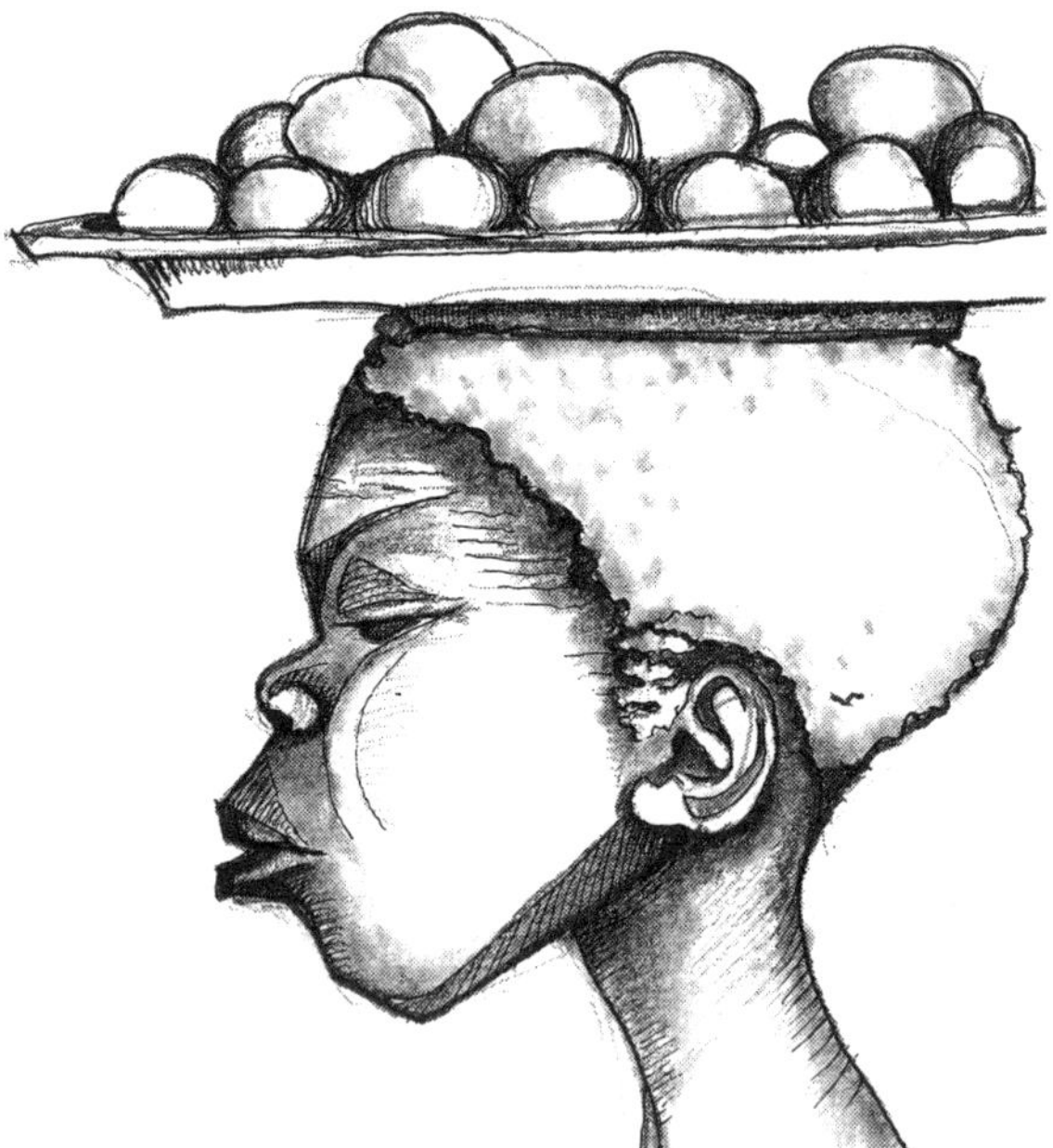

り憑かれたトンバルバイエが、オヨンゴ島のサツマイモ畑を没収して、オンド＝ノートを跪かせようとしたあの暗い時代にも、おれたちは同じようにへらへらしていた。だが、今度は、いつもの酒盛りのほかには、たいしたことは何も起こらなかった。バノス・マヤは、愛する男が鹿弾による大量虐殺の罠に落ちるのを心配して、みごとなバストの奥に情熱の本質を隠し込んでは、絶食をやめてふたたび食事をとりはじめていた。彼女は土曜の夜になると、パラッフィの店に下りて、ビギンやサンバを踊りまくっては、トウモロコシ・ビールを浴びるように飲むのだった。

見かけはどうあれ、おれたちは警戒怠りなかった。神々がおれたちに一本だけ、歯を残してくれたことを、おれたちはずっと承知していたし、今も承知している。その一方で、娘の父親アルチュール・バノス・マヤは、娘を愛の爪から引き離そうとあらゆることを試みていた。家族だけのテーブルに、若者中の若者やスター中のスターや女たらし中の女たらしを招いた。娘がもっとまともな感情にかられることを期待して、お祭騒ぎや、バンブーラ踊りの回数も増やした。だが、期待は裏切られるばかりだった。

オスカル・アナのほうは、ヴァンボ沖に島を生み出させることにかかりっきりだった。そのあとで「婚礼を取り決め、すべての太鼓とラッパを持ち出して派手に祝おう」と、彼は言うのだった。

「オスカル・アナ」と、エスタンゴ・ドゥマが忠告しにきた。「島の幻想なぞ捨ててしまうんだ。お前のくそったれの楽園が誕生する日、ものに書かれているとおり、河が死ぬことになろう。火のような雲が天から落ちてきて、お前の玩具を焼き払うことになるんだ。大陸を産む世話と責任は神に任せておけ」

「何を恐れてるんだ?」と、学者は言った。

「お前の取りちがえをじゃ」と説教師エスタンゴ・ドゥマは言った。「地図を孕ませようとするのでなく少女を孕ませよ」


おれたちはみんなフランス人を時代遅れの民族だと思っていたが、そのフランス人が、学者オスカル・アナに勲章を授けると言ってきた。フランス人は、トンバルバイエやヴァルタノやヨンゴロで人を集めてから、そのことをオンド=ノートの人々に知らせた。フランス領事ミシェル・アンダ・ド・スーザ氏は巡礼の旅に出て、おれたちの種族に向かってフランスへ大きな愛を抱くよう説きながら、沿岸地方の津々浦々を巡回しはじめたのだ。「黒人が単なる黒人ではなくて、知性と感性と内面の美と厳格な精神と素晴らしい心とみごとな下半身をそなえた、われわれと同じ人間であることを、われわれフランス人が気づいてから、愛が生まれたのです。私を信用していただきたい。あなたがたのお国の女性がする売春はわが国の淫売宿ほどひどくはない。何を隠そう、この私は、黒人女性のおケツとお股が大好きなのです。ところがですな、黒人女性は不発弾なんですな！　弾をぶっ放そうにも、うまくいかん！　濡れた爆薬みたいに爆発せん。それで科学的、技術的に、あなたがたの雄について考えをめぐらしてみたわけです。が、セックス問題に移し換えるテクノロジーがないんですな！」

「あぶないところだったな」と、ヨンゴロ・モーリス・ヴェマが溜め息を漏らした。「やっと、叔父様たちにも異論の余地のないことが分かったってわけだ。これで、すこしは植民地化が和らぐかもしれん」

「むしろ、国家の苦しみになるだろうよ」と、ペドロ・コリエンテスはつぶやいた。この人物は、率直な語り口と素直な感性のためにおれたちの尊敬を集めていた。「フランス人がオスカル・アナに勲章を授けたいと言い出したってことは、取り返しがつかないってことだよ。だって、フランスは単なる国じゃない。フランスはおれたちのような民衆の苦しみでもあるわけだからな。民衆は、何度も無慈悲な歴史に裏切られてきたんだ」

「叔父様たちが、おれたちからくすね取った五世紀を償うために戻ってくるんだってよ」と、人々は言うのだった。「まったく、お笑い種だぜ!」

「国家の苦しみになるでしょうな」と、愛撫事件に終止符を打つために、わざわざトンバルバイエからやってきたポントラ神父が言った。「あなたがたは、私たちの先祖の敷いた名誉ある道をたどらずに、石油とうわっついたコンクリートの臭いのする悪魔の望む道を敷設しておるのですぞ。さあさあ、お偉がた! 勲章なんぞを期待するのはやめましょう。むしろ、要求をしようではありませんか!」

陰謀を失敗させたのは、レバノン人のイスラム教徒サイディ・マレックその人であった。彼は、スーザ領事の密書を横取りして、陰謀計画を知ったのだ。その文面によると、勲章授与の際の名誉のワインで、オスカル・アナは毒殺されることになっていた。火薬を発明する権利を黒人に認めるわけにはいかないと子供たちに示そうというわけなのだ。

「何のためにじゃ?」と、長老ネルテ・パンドゥーは言った。

「白人に、何のためもへったくれもあるもんか」と、市長バノス・リマが言った。「あいつらは馬鹿なんだよ。うまくいかなくなると、生活に最低限必要なものを確保するという、うんざりする役割をおれたちに引き受けさせようとするんだ」

生活に最低限必要なものを確保するために、おれたちはオスカル・アナのところに最後の使節団を送り込んだ。いつものように、使節団はしたたかに酔っぱらった。市長バノス・リマは、眠りのなかにもぐり込んで古びた機械のように鼾をかく前に、論陣をはった。そして、勲章授与に見せかけたオスカル・アナの暗殺計画を阻止するために、偽りの身柄拘留を行うという考えを提案した。

「わしは沿岸地方とバノス・マヤのために、自分の良心の命ずることをやる」と、オスカル・アナは答えた。

バノス・マヤは、サイディ・マレックから、オスカル・アナに仕組まれた陰謀について詳しく説明されると、偽りの隠遁生活を送るという計略に賛同した。彼女は、偽りの訴訟を傍聴しに行ったときも、目にやさしさを湛えて、愛人から目を離さなかった。

「当裁判所は被告オスカル・アナに七週間の禁固刑を申し渡す。被告はサルマバ島にて刑に服すること。上告するは可能なるも、当裁判所が被告にこの刑を申し渡すは以下の理由による。第一に、自堕落を教唆し、強姦の意図および計画があったること。第二に、分裂と暴動を教唆したること。第三に、連発ラッパ銃の不法所持。常備歩兵ルアノ、矛槍兵マニュエル・ネッラ、海兵隊員エスコバル・サース、スイス衛兵ルイージ・アンダ、竜騎兵ルイ・ド・サンクレールおよび胸甲騎兵マルティィーヌは、裁判所の評決が実行に移されることに留意する義務を有す。三月十六日、オンド＝ノートにて記す」

オンド＝ノートには、正式の狙撃手がいなかった。被告をサルマバ島に連行するのに、結局三十六人のズワーヴ兵が官費でトンバルバイエからあわてて駆けつけた。かつて民主主義戦争に参加した退役軍人は、今では誰もが、このもっとも平穏な時期を費やして、わずかな年金制度の再建を求めていた。そのうちの五人のできそこない将軍は、賭けごとに溺れたり、飲んだくれたり、サンドバ市場に昼夜なく入りびたってレバノン人たちの店の見張りをしてわずかな生活費を稼ぐなどしていた。ところが、いつのまにか、判事と市長の間で、ポケット・マネーで偽りの囚人の警護にあたる人々を養うことを決めた契約書が取り交わされていたのだ。日に三百十二ザッカリーの年金がヌサンガ＝ノルダの紙幣で支払われることになった。それに加えて、島に名コック一名、庭師一名、洗濯屋一名、毒味役一名が配備され、オスカル・アナの実験所が移転されることも決まっていた。大出費だが、ここには不明朗なところはまったくなかった。オンド＝ノートの人々はみんな、市長と判事のポケット・マネーがどの管を通して富豪アルチュール・バノス・マヤの金庫につながっているのか分かっていたのだ。アルチュール・バノス・マヤ婆さんは、古着販売をしたり、ニシンダマシ漁で苦しむ人々から搾取したり、吸引用大麻を栽培したり、イボイノシシの脳味噌の不正取引をしたりして、成り上がったのだ。市長が統治し、判事が執行する。そして、富豪は借金のつけと狂気に金を支払っていたというわけだ。狂ったパスカル・マラ婆さんは、いつかあの三人の男がおれたちを切り刻んで悪魔に売りつけるだろうと予言していた。

二十一発の大砲が、沿岸地方全域に偽りの判決を知らせた。

「なあ、オンド＝ノートで何があったんだ？」

「入獄祝いさ。猫のようなオスカル・アナが刑務所に入るんだとよ。刺客ルーセニ・コマから身を隠すためなんだそうだ」

「そりゃよかった。オンド＝ノートの衆は立派だよ。ヴァルタノじゃ、五世紀遅れたまんまだ。おれたちゃ、ろくでなしどもを憎むどころか尊敬しちゃって、ろくでなしの職権乱用でわが身に香をたき込めてるんだ。民衆が恥を免れることのできるオンド＝ノートに幸あれだ！」

だが、ヴォルタノの人々がおれたちを過大評価したのは大まちがいだった。オンド＝

ノートは、誇らかに窮地を脱するどころではなかったのだ。どんよりした九月の朝、学者の家のまわりに急ごしらえで要塞が建てられ、その前で、部落やスラム街の人々が蠢き、唸り声をあげた。男も女も子供も、沿岸地方のあらゆる言語を使って、たまりにたまった怒りをぶちまけ、殴り合いや小競り合いを起こした。群衆は、学者オスカル・アナの実験所前で騒動を繰り広げた。

「オンド＝ノートはもう四つんばいになって裏工作をするのはやめるべきだ。娼婦の足よろしく、自分の土地をこねくりまわしちゃいかん。オスカル・アナがオカマ屋敷から出てこないかぎり、おれたちはここから動かんぞ」

だが、名誉と公明正大さの問題に対して、オンド＝ノートが妥協しないことは認めざるをえなかった。おれたちは一つの国だったのだ。

「みんな、オカマ堀りはやめろよ。オスカル・アナに、ヴァンボ沖の島を作らせてやってくれ。一人の人間の名誉に関してあれこれ言うのはやめにしようじゃないか。オスカル・アナを解放するか、そうでなければ、おれたちを一人残らずぶった切るがいい」

「いいかげんにせんか！」と、デスティエンヌ・ファーブルがメガホンを握って叫んだ。

「愚かになってはいかん！　オスカル・アナは禊ぎをしておる。わしらは、彼を危機に陥れる陰謀から守らざるをえんのだ。さっさと家に帰るがいい」

群衆は聞く耳をもたなかった。メガホンのざあざあいう音が暴徒の苛々を募らせるばかりだった。

「市民社会のルールを守ろうではないか」と、誰かが言った。「オスカル・アナはその場かぎりの愛撫をした。が、それは、終わったことだ。だが、それにつけこんで、彼のテーブルロールを鋸で引いたりしちゃいけない。過ちの責任は、笑いまでも陽転するあんたらの売春宿にあるんだ。オスカル・アナは約束を反故にしたわけじゃない。婚約式は決まっているし、約束の瞬間を待つだけだからだ。この国のリーダーである君たちは、いったいいつまで学者オスカル・アナの深遠なる学識を誤解し続けるつもりなのかな」

女たちはオスカル・アナに恩義があるわけではなかったが、ずっと昔の五月のある朝と同じように大声をあげた。だが今度は、オスカル・アナを攻撃するのではなかった。女たちは、それからというもの、自分のおケツのまわりを守るのと同じように、この自然の周囲を寸分の隙もないように守ろうとした。女たちは、マットや乳鉢やすりこ木や鍋などの料理用のがらくたを持ち出してきた。ジェルミエ通りに住み込み、学者の家の近くに思い思いにテントを張り、すりつぶしたり、焼き網で焼いたり、削ったり、いぶしたり、編み物をしたり、こねたり、湯を沸かしたり、揚げ物をしたりした。男の話やら、腰巻きや化粧品の話やらをしたり、ろくでなしや卑劣な男や女や、了見の狭い奴をこきおろしたりした。女たちは、サルマイヨ・ヴェマの逸話をもち出しては大笑いした。この男ったら、いかさまキンタマを使って、七十九年間の腐った生涯で、何人もの情婦を強引に愛してきたんだってさ。市長のバノス・リマったら操り人形に熱中しているうちに子作りをするようになったんだよ。エマニ・バンガはオルガスムになる前に幸せになって屁を出すんだってさ。ガルシア・マニュエル・スーザが裸になると、腸が集まってくるのが見えたわよ。ゾアニ・ロペスは、ペニスを元気にするために、自分の獲物が他人に犯されるのをながめてたんだって。「男って、ほんとに助平ね」、女たちはこうやって一晩じゅう、そして次の日も一日じゅう笑い転げた。オンド＝ノートの非常識な人々に十分な分別ができて学者オスカル・アナを解放するまで、それは続いた。

群衆は尻すぼみになった。群衆が引き起こしたのは、損害よりむしろ騒音だった。

ある日、中国女シャオ・ゼッペンが、ぼろぼろの絹のドレスをまとい、額に不安そうな皺を刻み、胸を震わせ、ヴァルタノの唐がらしのような赤い目をして汗だくになってやってきた。彼女は涙を流していた。締めつけられた喉からは、ひと言も言葉が出てこなかった。手足を震わせ、ナザレ・ネザがあわてて持ってきた水も飲めない始末だった。おれたちは、彼女が腰をおろすのに手を貸してやり、正気が戻るまでじっと待つように言った。八カ国語か九カ国語に通じているのに、彼女はたっぷり半時間ひと言も言葉が見つからなかった。

「どうしたんですか、シャオ・ゼッペン？」と、判事が尋ねた。

気の毒な女は指でトンバルバイエの方角を指した。ついに彼女は声のかけらを見い出した。

「どうしたのかね」と、司祭のエスタンゴ・ドゥマが尋ねた。

「わたし、バルタヨンサから戻るとこだったんです」と、シャオ・ゼッペンが言った。「天災地変が起きてます。河はもう死んでいます。水が一滴もありません。骸骨とくたびれ果てた石ころが続いていました。魚が死んでいます。泥が死んでいます。蟹が干からびています。ひどい悪臭です。死は大西洋からやってきました。それから、それから、ああ、ご先祖さま、わたし、みんなで葬ったあの男の子が石の上に立っているのを見たんですよ！」

「神々よ、わしらはどうなるんでしょう?」と、エスタンゴ・ドゥマが言った。「オスカル・アナの愛撫が、わしらを滅ぼすだろう。そして大西洋の真ん中の、あいつのくだらん島々が沿岸地方を木っ端微塵にしてしまうだろう」

「わたし、あの子を見たんです」と、シャオ・ゼッペンが言った。「あの子、トンバルバイエに背を向けて、ヴェスティナのほうをじっと見てた。甘い声でトンバルバイエの富豪の歌を歌ってた。首には、死の印がついてたわ。わたし、言ったわ。『ルカス・モンディオ・アトンディ、そこで何してるの、埋葬されて十六日もたってるじゃない?』すると、その子がわたしに聞くの、エスタンゴ・ドゥマを知ってるか、ほかにもオンド゠ノートの人を知っているかって。それから、あの子は死んだ川の枯れ沢を下って行ってしまったわ」

約束された苦悩

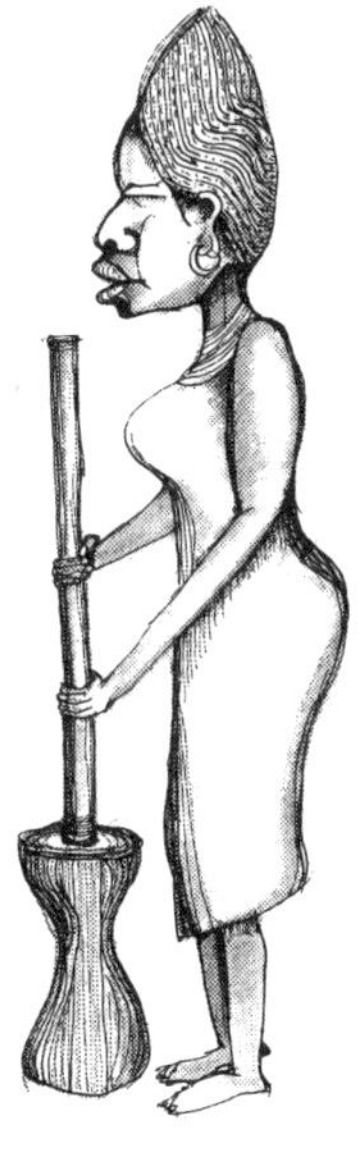

彼らは、世界じゅうから楽器や炎のように光輝く徽章や小旗や軍旗や国旗をたずさえてやってきた。そして、テレビカメラを回しながら、オスカル・アナの工場へと向かった。彼らは新島見物と、二十七年間われわれを罠にかけてきた婚礼を祝うためにやってきたのだ。おれたちは運命がどんな意図をもっているか教えてくれそうな兆候を、空の震えや大西洋のお説教や突風のつぶやきや落葉などのなかに見つけようと試みた。おれたちの世界を入念に調べてみたが、大地は顔をうまく隠していた。

歌姫ウーラリ・ゼルマもオンド＝ノートにやってきたが、それは、おれたちを安心させるためではなかった。徳性という点で、彼女がトンバルバイエにどれほどの荒廃をもたらしたか、おれたちはよく知っていたのだ。オスカル・アナが偽りの拘留から解かれるまさにその日、歌姫は特別にバノス・マヤの婚礼に招かれていると言い張って、オスカル・アナを訪ねてきた。不敵な笑みを湛え、彼女の雷のような女の経験にふさわしくセクシーに腰を振った。赤い絹のドレスがすっかり透けて見えるので、彼女の筋肉が呼吸する様子や、貪欲な肉体がいきり立つ様子がよく見えた。

「悪魔の邪魔が入らぬうちに婚礼を挙げようではないか」と、司祭のエスタンゴ・ドゥマが話していた。

「急いでやりましょう」と、判事が言った。

「とにかくやろう」と、市長バノス・リマが言った。

ウーラリ・ゼルマは、たまたまオスカル・アナが許婚者と二人きりになったちょうどそのときに登場した。オンド＝ノートによるイスラム教徒の砦であるザウランガの占拠とソンブロ大佐へのトンバルバイエ市の降伏をまとめて祝っていた日の夕方のことだ。

「運命に翻弄されるのなら、頑張ったって何の役にも立ちゃしないわよ」と、バラアミ・ファンドラが言ったときだった。

ウーラリ・ゼルマが、ドレスの裾飾りをたくし上げながら入ってきて言った。「オスカル・アナ、わたし、あなたのためにサラバンドを踊りにきたわよ。トンバルバイエにだったら、わたしたち、一人の男を誘惑しにわざわざ行きやしないわ。でもここにはきたの。あなたがバノス・マヤにあんなことをしたのも、わたしに恋してるからだわね。わたしきたわよ、オスカル・アナ。何年たっても変わらぬ情熱の証じゃない。二十年前、あなたに言ったわね。トンバルバイエだったわ。思い出してよ。あなたの目がわたしの心を切り裂いたのよ。素敵だったわ」

ウーラリ・ゼルマは踊った。ウーラリ・ゼルマは果汁いっぱいの笑みを湛えて、熱くなった身体の疼きに尊大さを付け足したような声で歌った。

「どこのどいつがあんたを送り込んできたんだ?」と、オスカル・アナは言った。

「思い出して!」と、妖精のような足をした大柄の美女は、ヴァンボの娼婦のように肉体をうっとりさせながらも、スルタナ人特有の汚れない身振りで言った。

「わしをどうしたいんだね?」と、学者は言った。

「二十年の期待を持ってきてさしあげたのよ。わたしはウーラリ・ゼルマ。あなたを困らせようなんて気は毛頭ないわ、オスカル・アナ。わたしは、以前トンバルバイエであなたに見せたのと同じ欲望をさしあげにきたの。思い出してよ。オランダ通りよ、九月の夜だったわ。マア゠モテの潟を出たところよ。出たばかりのお月さまがわたしたちを見てたわ。わたし、少女のような声であなたに『オスカル・アナ、あなたを好きになれって心が囁くの』って言ったわ。あなたは、ずっとゾアンガの丘を眺めてた。思い出してよ、二十年前のこと」

「思いちがいですよ」と、オスカル・アナは言った。「わしはトンバルバイエに足を踏み入れたことなどついぞない」

「記憶をたどってくださいな、オスカル・アナ。わたし、子供だったわ。胸だってしまりがあったわ。民主主義戦争が終わる少し前の頃よ。あなたは、ちょうど大閉介筋の下の腱のあたりを怪我してたわ。ひ骨の内部骨折ね。あなた、アルヴェス・オナの家に身を隠してたわね。思い出そうとしてみて、オスカル・アナ」

「わしはトンバルバイエに足を踏み入れたことはついぞない」と、学者は繰り返した。

ウーラリ・ゼルマは赤いドレスのボタンをはずしていた。彼女は、飢えた猫のように学者に飛びかかった。

「どうしたんだ?」と、純潔の細工物の機能を調べにやってきた鍛冶屋ヨナ・アルシバルドが尋ねた。

「オスカル・アナが強姦されてるのよ」と、バラアミ・ファンドラが言った。「ワインの栓が全部トンバルバイエのマドンナに抜かれてるわ」

翌日、ダンゴウオとルージェという二種の魚を祝う祭りの日に、オスカル・アナはどんちゃん騒ぎのどん底から千鳥足で歩きながら、ウアンゴの鳥もちを嚙んで、強姦されたことについて繰り返し考えた。オスカル・アナは、恥ずかしさに目を赤くし、怒りのしるしに下唇を嚙みしめ、おれたちのご先祖様とすべての神々に対しオンド゠ノートの言葉で誓った。

「今度こそ、オンド゠ノートのびっこ歩きにけりをつけてやる。儀式も大騒ぎもいさかいもしないであの娘と結婚するぞ。あんたらの空威張りがどんなに根拠のないものか、みんなに暴いてやる」

群衆は、それを聞くと理性を失って歓びを爆発させた。みんなが玩具の豆鉄砲を撃ち、あちこちでクラヴサンやクラリネットや太鼓やトランペットを演奏し、大声で歌った。学者オスカル・アナに歓びを伝えようとして、マンバリニエの枝に人間の房ができた。角笛やラッパを吹いた。老いたパスカル・マラまでもが踊った。オンド゠ノートは蘇ろうとしていた。

「静まれ、静まれ！」と、マルティノ・ドゥヴィルが言った。「オスカル・アナが少女を失神させようとしてるんだぞ」

群衆は、まるで一人の人間のようにぴたりと動きを止めた。ブロンズ色の女性エスティナ・ブロンザリオの死を知らせるために、大西洋がおれたちを叱りつけながら説教をしたあの頃とちょうど同じように、練兵場のまわりに植えられた火炎樹が葉全体で聞き耳をたてていた。火炎樹が突然動きを止めたことに、おれたちは大いなる予言の徴を読みとっていた。水平線は、おれたちよりもずっとことの次第を知っているようだった。

日が暮れると、沿岸地方は、世界と同じくらい昔からある決まり文句を繰り返す。アナゴを食べる人なら誰もが知る一節「石の種よ、われらの計画は眠りにつく。だが明日は明日になろう」だ。オスカル・アナは、ずっとこのカンタータに忠実だった。毎晩それを唱えた。ところが、バノス・マヤはそれを聞いて、エロティックな誘いの言葉だと受けとった。彼女はオスカル・アナの口にキスをしてから、父の家に駆け込んで愛と幸せに泣き濡れた。彼女の手は、触れるものすべてを陶酔に変えた。彼女が光輝くのを目にして、父親は嬉しさのあまり卒倒した。

「オスカル・アナが愛の言葉をかけてくれたわ」と、バノス・マヤは言った。

「ジョルジュ叔父さんに知らせよう」と、娘の父親アルチュール・バノス・マヤは言った。

「婚礼は明日だ。しきたりの守護者全員に知らせなくちゃ。今度こそ、婚礼はまちがいなしだ」

これらの話に耳を傾けると、森は竹藪を吹き抜ける風の笑いを漏らした。樅などのヨーロッパ伝来の木々は、赤い竹の振る舞いに驚いていた。そのときになって、人生なんて髪の毛と同じように取るに足りないのだと夜の香りが人間にお喋りしはじめた。

「婚礼の日取りが決まった」と、エスタンゴ・ドゥマが言った。「決定だ」

「日取りが決まったぞ」と、市長が言った。「今度は、あいつに時間稼ぎをさせちゃいかん」

準備万端整った。新婦の父の側で、大瓶のヤマノイモ・ワイン四十本とリュウゼツラン酒同量とグラッパ千六百リットルと大瓶の発酵酒十二本を用意した。赤い仔牛七頭と黒羊二頭とヌサンガ＝ノルダの山羊三頭と白兎五匹と青七面鳥一匹が捕獲され、縛りつけられた。コーラの実七百十二個と、人生は一筋縄ではいかないと胆に銘じるために新郎新婦が食べることになっている二束のスカンポが調達された。おれたちは、婚礼後の二日間に新郎新婦が主食として食べるオンド＝ノート産の茸、セックスの能率を高めるためのくしゃみの粉、新婦の初夜の要求を盛り上げるための「惚れ薬」を用意した。しきたりどおり、七頭の赤い仔牛は新婦の母親のほうで調達された。夫婦関係がうまく行かないときに夫婦が折る銅の棒と、うまく行ったときに夫婦が火にくべるベゴニアの葉っぱが集められた。おれたちは、白七面鳥とモザンビークのシーラカンスを絞め殺した。婚礼の基盤を確固とさせるために、マンゴスティンの葉っぱの帽子と水牛の尻尾とマーモットの後ろ足とテンニンチョウの羽根とトビネズミの尻尾などを調えた。そしておれたちは、運命のたくらみに勝てたような心持ちになっていた。

オンド＝ノートは食べものや大人数での酒盛り、全員参加の乱痴気騒ぎや酒宴などのあらゆる供儀や犠牲に足をとられて、身動きがとれなくなっていた。松明や火や蠟燭が町全体に輝いていた。仮設便所やゲロ吐き場があちこちに建設された。首を吊った例の若者がごちそうの邪魔にこないように、おれたちは庭のマンバリニエの木すべてを赤いフランネルでくるんだ。ジョルジュ叔父やマヤミ・サンバ叔父やヴェロ叔父などのムヴェンバ族の人々は、目に見えない存在が行うペテンに目の見えない者が勝利をおさめたことを大騒ぎで祝おうと、赤紫の衣装を羽織っていた。おれたちは、トンバルバイエの金満家にして気性の激しい市長マニュエル・ド・ヌグエロ・ヌダーロを招いた。彼のほかには、マリオ・ナザレ・ネザと連邦国の呪術師カルロンソ・ドゥマ、バルタイヨ市長エドゥアール・ナンガ、そしてオザンナ市長シュアレ・ブダもやってきた。名簿は延々と続く。一通の手紙がコンゴ地方の支配者にしてバクー連邦政府担当官であるサマ・ケインヌに届けられた。犯罪とナンセンスと密輸入の世界的首都であるツシロアンゴ市長のコブ元老院議員にも手紙が届いた。この都市は、人々の魂を貪る都市であり、世界でもっとも強情な頭を食う町であり、イスラム伝統完全保存主義者の根城であり、嘘と狂気がつきまとう場所であり、神に見えないところに立てられた都市、つまり、思うに、ごろつきどもが二度と蘇らぬよう火葬にするための火の池地獄がもうけられているような都市なのだ。

「駄目だよ、オスカル・アナ」と、市長は言った。「招待客が到着したのだぞ。いいがかりをつけて婚礼を引き延ばそうたって、どだい無理だ」

「わしには、鋼のような堅い理由がある」と、学者はやり返した。

判事が目を怒りで赤くし、息せき切ってやってきた。判事の手はヌサンガ＝ノルダのマリオネットのように動き、彼の喉はみるみるうちに腫れあがった。

「考えてみようじゃないか、オスカル・アナ。マニュエル・ザンバが君の婚礼のために奔走してくれた。マニュエル・ザンバはおふざけの知事じゃないんだぞ。アナトール・アナもオンド＝ノートに向かっておる。アナトール・アナはシュロモ王の直系の子孫だ。細工物ごときのために結婚をやめるなんて許されん！」

「細工物は届いたよ」と、学者は言った。

「だったら、何が問題なんだ？」と、判事が言った。

「優先権の問題だよ」と、オスカル・アナは言った。「わしらの民族には、優先権の問題に小便をひっかける権利など許されておらん。母が死んだんだ。埋葬するまでは、結婚する権利はない。それがしきたりではないかね」

「あんたの母上を殺したのは悪魔だ」と、判事はいきり立った。

「もう一日待ってから死ぬこともできたろうにな」と、市長が言った。

「オスカル・アナ」と、この間に到着したエスタンゴ・ドゥマが言った。「時間は愚か者には何も許さんのだ」

「死者にも許さんよ」と、オスカル・アナが言った。

市長は、学者の足元にカナガシラの干物と、グリコーゲンのしみ込んだツノメドリの羽根一束を投げた。それは、身の毛もよだつ呪いの印であると同時に、修復できない断絶の印でもあった。

「オスカル・アナ、ご先祖様と神々がお前の脳味噌に小便をひっかければいいんだ。わしは、オンド＝ノートを導く市長であるだけでなく、掟としきたりの聖なる管理者でもあるんだ。どんちゃん騒ぎの日に母親を死なせてしまったのだから、お前の行く手にはこの上なく厳しい呪いがふりかかるがいい」

市長はトンバルバイエの大きな唐がらしを噛み、学者に背を向け、左足をメンヒルのほうに、右足をオンド＝ノートの創設者の墓のほうに向けてから、それを吐き出した。ところが、ちょうどそのとき、谷間のほうから、老いた男女の重苦しい使節団が到着するのが見えた。男たちの頭は冠のような白髪で、口のまわりには白髭が生えそろっていた。女たちの髪は、編み毛の束で大きな三角形を作り、白髪の部分をもち上げて入念に作った幾何学的な図形を作り上げるヴァルタノ風の髪型だった。老人たちは、ことの顚末を聞いて、ありがたいことに、市長好みの魔法を受け入れるのを拒んだ。あまりに性急だと思えたからだ。ソンゴの宰相が白髭に縁取られた口を開けて、火葬という策略を使ってオスカル・アナの義母であるパスカル・マラ婆さんを埋葬する特例を認めるように求めた。

「百二十二歳も生きたんだからな」

火葬にするという案に使節団は賛同し、それを群衆も支持した。バノス・マヤの結婚式が無期延期になるのを好まなかったためだ。だが、頑固者のオスカル・アナは聞く耳をもたなかった。

「結婚式だからといって母を糞まみれのままにしておく権利は、あんたがたにはない。母については、ちょっと考えがある」

「オスカル・アナ」と、判事が言った。「あんた、顔に魔法を吐きかけられたいのかね。海の偉大なる神ババマッサンの子孫の十二の剣と、大気の偉大な神オモッサンとガスの神オッカンに死を宣告されたいのかね」

「好きにしろよ」と、オスカル・アナは言った。「だがな、母をよその母親より低くみなさんでくれ。わしが母の死を悼みたいと思うのは当然だろう」

老人と老婆の一団は、ヨンゴロ・モーリス・ヴェマとルスゾ・ニミを先頭に、爪先だってその場を離れた。

「あの少女と夫婦になりなさい」と、マニュエル・コマが言った。「とんでもなくおかしなことがわしらをうかがっておるからな」

「今はわしの母のことを話してるんだ」と、オスカル・アナは言った。

オスカル・アナは居残った客にお茶をすすめた。彼は、トンバルバイエの茶を六杯とヴァルタノのコーヒー二杯をふるまった。

「オスカル・アナ、あんた、あの娘を殺すことになるぞ」と、市長が言った。

「殺戮を引き起こすことになるんだぞ」と、判事が言った。

「わしは、結婚を拒んでるわけじゃない」と、オスカル・アナが言った。「出来事のリズムに歩調を合わせてるだけだ。オンド＝ノートはびっこをひいている。わしは、振り子をその速さに合わせているんだよ」

「ガンジ」と、判事が言った。

「ガンジ」と、オスカル・アナも応じた。

一旦「ガンジ」と口にしたからには、その人の意見はいくら金を積んでも変えさせることはできない。オスカル・アナは、スンディ＝スンディ族ウアッソ氏の正真正銘の「カン」なのだ。「カン」というのはコンゴのもっとも古い家柄のことで、彼らは、そろって強情で、約束を尊び、どんちゃん騒ぎが大好きで、ゲイズのピラミッドの秘密の第四枝の保有者だと自称していた。一万六千年続いた彼らの長い歴史というのは次のようなものだ。カヤニ・アマは、女神ポンボの髪の毛八百十二本のうち十四本を盗んで女神を裏切った。生贄に捧げられそうになったカヤニ・アマは、ウアンゴ砂漠まで逃げのびた。四十年間、砂と石ころと埃のなかをさまよい、軽石を齧り、水を節約してラクダの小便まで飲んだ。

苦難の果てにヌアンド河の岸辺にたどり着き、オンド＝リカを建国した。彼は百十二年生きた。一人息子マウンガ＝ヌジッラは、オンド＝リカを去ってオンド＝ノートを建国した。オスカル・アナは、この建国の王子たちの血を引く正真正銘の「カン」だった。だから、彼が「ガンジ」と口にしたら、二度と男は言葉を蒸し返すことはできない。おれたちにできることといったら、なるべく無難な言葉をさがして、この新たな失望をバノス・マヤに説明することくらいしかないのだ。

「わたしとはいつだって結婚できるわ」と、健気にも少女は言った。「お母さまが亡くなったのだから、埋葬する権利はあるはずだわ」

それから、彼女は自室に閉じこもって、号泣しはじめた。市長の娘で彼女の従姉にあたるファルタミオ・リマが、オランダのカンタータとヴェスティナ民謡を歌って慰めようとした。

「恋人を変えたらどうなの?」と、彼女のもう一人の従姉で浮気心のエスティナ・バノス・リマは言った。エスティナは、四十年間にわたってオンド＝ノートのあらゆる年齢の男をつまみ食いしてきたので、みさかいのない娼婦とあだ名がついていた。「男ってみんな、心が狭いのよ。わたしにも経験があるわ。男って、自分たちの小さなブイより遠くに行けないの。いちばん素敵な男の愛し方っていうのはね、女のお腹に走る筋を男に一旦見せたら、すぐにその男を射殺することなの。一度楽園を味わったら、カマキリみたいに男たちを食べなくちゃいけないのよ。男なんて、ほんとにくだらないものよ」

バノス・マヤは理解できないまま耳を傾けていた。オスカル・アナの愛撫の様子をぼんやりと思い出していたのだ。

オスカル・アナは、義母を埋葬したあと、数週間前から彼の家を包囲していた使節団を受け入れることにした。

「オスカル・アナ」と、司祭のエスタンゴ・ドゥマは言った。「大地はわしたちに仕返しする機会をうかがっておるのじゃよ」

「賽は投げられようとしている」と、ヨンゴロ・モーリス・ヴェマが言った。

「なあ、オスカル・アナ」と、ネルテ・パンドゥーは言った。「運命にわしらを攻撃するための棒切れを与えるのはよそうではないか」

「大昔のことじゃ」と、アフォンソ・マンガが言った。「食料不足になって青バッタの忌まわしい大群が、われわれの収穫に黒い嘴の暴風を投げつけたとき、あんたの先祖がバッタのパテを発明して、この国を救ってくれた。オスカル・アナ、今度はあんたが大異変に見舞われた沿岸地方を救ってくれ」

「わしは、婚礼を来月の最初の月曜日に決めた」と、オスカル・アナは言った。

「どうして月曜日なのだ?」と、エスタンゴ・ドゥマが尋ねた。「月曜日はオンド＝ノートでは厄日のはずじゃ」

オスカル・アナは右手を上げ、大西洋の方角を指さして叫んだ。

「これは男の言葉だ！　この言葉を実行しなかったら、わしをオワニの卑怯者たちの墓地に埋葬してくれてかまわん」

学者、後頭部に穴を穿つ

オンド＝ノートはほっと息をついていた。婚礼はつつがなく執り行われた。たしかに、大西洋はかつて見たこともないほど怒り狂っていた。だが、おれたちは地にも天にも知られず、新婦の父がうまく手配して、エスタンゴ・ドゥマにも知られずに、そっと婚礼を執り行うことに決めたのだ。安物の鉄砲を撃つこともなかった。酒盛りもなかった。大ごちそうもなかった。結婚指輪が夫婦の指にぴったり嵌まった。

「宿命が邪魔だてするいとまを与えちゃならん」と、市長が言った。

こうして、おれたちは人目を避けた結婚式を選び、運命の待ち伏せる場で、運命と鉢合わせずに済んだ。オンド＝ノートのおれたちは、最古の祖先からずっと、運命より狡賢くなろうとしてあらゆる努力を重ねてきたのだ。

しきたりどおり、新郎新婦はブルテッシュ神父の前に進み出て、正式に祝福を受けた。おれたちは自分たちが抜け目ないと考えていた。運命よりも狡猾だということを自慢に思っていた。うまくいったのは、パスカル・マラを埋葬したあとに、多量のアナゴ油を焼いたおかげだと考えていた。突風のあった翌年に、一年じゅう、断食と節食と節制をしたときと同じような具合だ。おれたちは、沿岸地方の衰弱に歯止めをかけようと考えていた。だから、祝福の細かいところなど気にしなかった。神父は、ずっと昔からオンド＝ノートで結婚を祝福していた。洗礼やストや武装蜂起や漁の解禁やヤマノイモの植えつけや収穫や定期市やカーニヴァルや開会式の折りに器用に祝福するのと同じように、目を閉じていても聖油を塗ることくらいできるのだ。失敗したことなんかない。ところが、今回、聖体拝領の前に十字を切る神父の動きに、ヨンゴロ・モーリス・ヴェマはふと異様なものの前触れを見た。ブルテッシュ神父は、イエス・キリストの名を口にしたときに手を右にやり、アーメンを口にしたときに手を胸にやっているではないか。おれたちは、はじめは、半分イスラム教徒であるヨンゴロ・ヴェマが悪意でそのことを口にしているのかと思った。だが考えてみると、ことは明らかだった。アマニ・ボンダ将軍が兵士たちを祝福するときのように、神父は逆さに十字を切ったのだ。

「神父はどんな悪魔に嚙みつかれたのか？」と、事件の報告を受けたエスタンゴ・ドゥマは怯えた。

「神父はほんの子供の時分から十字を切っていたのに」と、市長はつぶやいた。

「万事休すだな」と、マニュエル・コマは溜め息をついた。

オスカル・アナはそれほど悲観的には考えなかった。彼は、新婦が両手効きのため、彼女が十字を切ると司祭は混乱して、あわてふためいたにすぎないと解釈した。

それから、オンド＝ノートの人々は、オスカル・アナが注文した貞操パンツに効力がないと噂をたてはじめた。ブルテッシュ神父の前で二人が運命的な「誓い」を口にしてから数カ月後、新婦の下腹が大きくなりはじめたのだ。そこで、ヨンゴロ・モーリス・ヴェマは、人目を忍ぶ結婚式のあとで、御馳走と酒盛りつきの昔ながらの本格的な結婚式をしてはどうかと提案した。そして、そういう運びになった。

沿岸地方のしきたりと慣習にしたがって、この地方一帯に食べ物と飲み物とキスがもたらされた。オスカル・アナは、妊娠七、八カ月の女房にサラバンドを踊らせた。おれたちはみんなして、運命がおれたちを追っ払おうとするようなどんな些細な口実も取り除こうと考えていた。オンド＝ノート知事エスタンゴ・ゾラは、フランス人に手紙を書いて、天と地の悪魔を目覚めさせないように、学者オスカル・アナへの勲章授与をひとまず忘れてくれるように懇願した。おれたちは、死霊たちを鎮めようと、百十二頭の童貞牛を殺した。だが、何の効き目もなかった。酷暑が突然の雷鳴とともに始まり、大地と石ころを炙り、ヴァンボ沖の学者オスカル・アナの島々を溶かした。おれたちは、七十六度の沸騰するような大気のなかで調理した。息が詰まり、人々は房のように寄り集まって死に、オスカル・アナのライヴァルである学者エスコバリオ・ムエンダが発明した冷房室の奥にへばりついていた。大西洋があまりに暑くなったので、医者アンサ・ド・クラコヴィの沸点測定機は破裂した。アントニオ大聖堂の瓦礫の前には途方に暮れた群衆が押し寄せてきた。その大聖堂は、沿岸地方と同じくらい古い記念建造物の干からびたかさぶたであり、エスチュエール河の土手に並べられて取り戻された栄光の痕跡であって、オランダ人が七回目に寄港したとき以来、誰も修理しようとさえ考えなくなっていた代物だった。

オンド＝ノート市長が、誰よりも酷暑に苦しんでいた。市長は、夜も昼も素っ裸で過ごしていた。歩くと、彼の睾丸が振り子のように揺れるので、みんな吹き出した。民主主義戦争のときトンバルバイエで負傷した細い足と太鼓腹が不釣り合いだった。

「どうやって酷暑をやっつけたものかな」と、大聖堂の瓦礫のなかから出てきた市長が言った。

「浴槽に気をつけてね」と妻が言った。「浴槽はファラデー・ジュースを三百キロも吸い込むんだから」

市長はかっときたしるしに手をあげた。厳密な学問を身につけたから、妻はつまらんことを気にするようになった、というのが市長の持論だった。

「運命と戦争しているときは、つまらないことも考えたほうがいいのよ」と、彼女は言った。


酷暑のなか、おれたちは歌を歌い、踊りを踊った。トンバルバイエの人々が受けている繁栄をわが大地にも降らせようと、招待客の頭に米粒やトウモロコシの粒を浴びせかけた。合唱団やブラスバンドやカスタネット隊が演奏を続けた。優れたゾーブ教徒の一人で、羊歯の秘密に通じているクローディウス・ヌガッラが、酷暑を祓うために村でどんちゃん騒ぎをするように命じたのだ。(ゾーブ教徒が花崗岩の卵のなかにゾアンドの絵文字と金を象嵌した輝くような羊歯を見つけたのは、紀元前十二世紀のことだった。)だが、市長が姿を見せないので、群衆は不安になりはじめた。

「いまいましい結婚式め」と、判事は市長の家から出てきて泣き声になった。

「いまいましい結婚式じゃよ」と、エスタンゴ・ドゥマが繰り返した。

「いまいましい結婚式だわい」と、ヨンゴロ・モーリス・ヴェマも言った。

運命がおれたちをかつてないような怒りでさいなむのを知って、おれたちは茫然とするばかりだった。結婚式は取りやめになった。たった今、市長が結婚式に唾を吐きかけたのだ。

「どうしたっていうんだ?」

「考えてみると、オスカル・アナがバノス・マヤとの結婚式を望まなかったのももっともさ。悪魔は、これに乗じてわれわれの陰口を叩こうとしてるんだからな」

婚礼が取りやめになったのは、市長が、こともあろうに婚姻公告の調印前に風呂に入ろうとしたせいだった。哀れにも、彼は浴槽の事故で命を落としたのだ。そのときおれたちは、天と地がおれたちの滅亡を誓い合ったにちがいないことを知り、どうあがいてももう魔法から逃れられないことを知った。先祖は、おれたちにも、そして死霊や大西洋や酷暑に半ば祝福され半ば野次られていたあの非常識な結婚にも、背を向けていた。

「いまいましい婚礼だ」と、鍛冶屋ヨナ・アルシバルドが言った。「でも、腕組みしていても始まらん。手を尽くしてみよう」

「目に見えないものには手の施しようがないさ」と、アルチュール・バノス・マヤが言った。「天がわしらに腹を立てているんだ」

おれたちは、広場に書かれた絵文字の予言につけまわされていた。一世代の間に、予言のうちの四つがすでに現実になっていた。エスティナ・ブロンザリオは予告通りに切り刻まれたではないか。ウアンガの断崖が三度叫んだではないか。河が突風で逆流したではないか。巨人がオザンナの町のまわりの塔を駆けめぐったではないか。お告げは、大異変のリズムにしたがって、五年ごとにまちがいなく現実と化していた。

「いまいましい婚礼だ」と、酷暑が絶頂に達したときオンド＝ノートのムアッジンが叫んだ。

おれたちの血走った目の前で起きたことは、すべてすでに書かれていたことだったのだ。だが、まだ起こっていないことがあった。この世の終わりの悲劇と言われるもの、つまり、第五の絵文字の下の、ちょうどヴァンボ半島が見える場所に描かれた忌まわしい出来事だ。「月曜日の昼寝の刻、大海が天空に向かいて立ち上がり、マンゴスティンの色をした火の雪崩が起きる。大海は息を引き取り、天空は後頭部を失わん」と語られている部分だ。

「いまいましい結婚式だわい」と、リュウゼツラン酒をたて続けに何杯も飲みほして目を赤くしたヨンゴロ・モーリス・ヴェマが溜め息をついた。

空は積乱雲のような大きな目を開いた。大西洋は、たぎり立つ大波を打ち寄せ、泥炭を燃え上がらせて渦を巻いていた。その間、頑固なアフォンソ・マンガが、結婚式取りやめの手続きを行おうと奔走していた。

「元市長の埋葬と新市長の選挙が終わるまでは結婚式を取りやめにしてはならん」と、マニュエル・コマが屁理屈をこねた。

そんなわけで、市長の葬式は大した熱も入らぬまま準備された。運命がおれたちにとどめの一発をくらわせるとしたら、この葬式の機会をおいてほかにないという予感がおれたちにはあった。防腐処置の儀式もなげやりに行われた。死体防腐処置人は、御先祖様に死因を正確に伝えるための聖油を遺体に塗り忘れていた。ヴァルタノの方向を考えないまま墓穴を掘ったため、死者はトンバルバイエのほうに足を向けることになった。そうすると、おれたちへの敬意を欠くことになる。故人の近親者は、やり直しを要求した。そこで、しきたりにしたがって、墓がもう一つ掘られた。

「いまいましい愛撫め」と、エスタンゴ・ドゥマは鍛冶屋のヨナ・アルシバルドが蒸留した強い酒をちびちび舐めながら、溜め息まじりに言った。

埋葬が終わると、柩にかかる土の音を忘れるために強い酒を飲むのがならわしだった。おれたちは、手縫いの人生に綻びがあることにむしろ誇りを覚えていた。こうすることで自分たちが粘土などとちがってちゃんと立っているのだということを感じようとしたのだ。大地はわれわれを貪り食おうとしていたが、オンド＝ノートのわれわれは、大昔からの不運に罵声を浴びせかけるに足るみごとなものを下腹にもっていた。頑固に人生を送るということにかけては、おれたちほど根性のある者もいない。「大西洋がおれの死を見にくるがいい」というのがおれたちの口癖だ。おれたちは、この冗談がどんな意味なのかよく承知しているのだ。

酷暑は後退するどころか、ますます激しさを増した。石ころがガラスのように弾けた。大地は、赤みがかった蒸気を吐き出して、ローストにしたり、グリルにしたりした。夜になっても沸騰は続き、パチパチと音をたてた。オスカル・アナは、「聖母マリヤ」と、先祖と、七つの岬のすべての石ころと、絵文字の前で誓いをたてた。亡き父の唾液と、亡き母のあらゆる精気と、「十二」と呼ばれるナイフの百十五の刃にかけて、猛暑を打ちのめすと誓った。実験所にこもって、酸素を切り刻み、輪切りにし、粉にしはじめた。「くよくよしても始まらん」と、しきたりの守護者エスタンゴ・ドゥマが言った。「最後の日になってしまったのじゃ。カルヴァタールがくるまでは、酷暑も鎮まるまい。すべての石に刻まれておるというのに、わしらは道理をわきまえなかった。オスカル・アナ、頭を狂わせるな。わしらの大地は遙か昔から死んでいたのじゃ」

オスカル・アナは、結婚式の用品（赤い絹と白いヴィロードの手袋と帽子など）も脱ぎ捨てぬまま、研究に没頭した。

その昔、オスカル・アナの母方の実の叔父にあたる老人が、ヌベア砂漠をなくすためだとふれまわって、好きなときに雨を降らせる装置を開発しようとしたことがあった。だが、オンド＝ノートの人々は、この八十代のマラヴ・アナの長年の労作をあざ笑って、神様気取りなんてうわっついていると言うばかりだった。甥のオスカル・アノがバノス・マヤへのキスのごたごたに巻き込まれる数年前に、老いた叔父は亡くなっていたが、叔父は甥に、物質を重くして活性化させる魔法の手ほどきをしていた。振り子と球体と竈とやかんとパイプがあれば、彼にも世界が解明できるはずなのだ。若きオスカル・アナは、血統ともいえる石頭にとり憑かれて実験所を相続し、数週間ぶっ通しで閉じこもり、公式を作ったり、自然法則を縫ったりほどいたり、定理を編んだり切り刻んだり、また、あらゆる規模の擁護論や格言や馬鹿話や詭弁などを薄切りにしたり粉々にしたりするのに没頭した。オスカル・アナ青年は、人生のもっとも明晰な時期を、独りごとを言いながら、物質を探ることに費やしたのだ。彼の最初の妻ドナ・アルヴェス・マラは、初夜を七年待ったあげく、「試験管と寝るのをやめなければ、愛の行為なんてできないわ」と捨て台詞を残して、彼のもとを去った。

数年後、オスカル・アナは、錬金術に関する知識一式を身につけていた。それは、絵文字学、遺伝学、宇宙地質学を経て、宇宙物理学から細胞学におよぶものだった。これらの多くの分野で、彼は名声を欲しいままにしていた。そんなわけで、彼がどうやって酷暑に打ち勝とうとしているかを市庁舎で説明してくれるというので、おれたちはこぞって押しかけた。

白っぽい岩石に穴を穿って造られたオンド＝ノートの市庁舎は、緑の錨泊地に錨を下ろした巨大な帆船の形をしていた。七百年前、ソシリヤ人やブーアロ人やメソポタミア人やオリヨンゴのイスラム教徒たちを追い出したあと、ソンブロ大佐がこの岩の頂上から民主主義戦争の終息を宣言したのだ。同じ岩には、一五一一年、ポルトガルがシャンヤ・リュイエニ軍と正面衝突して敗れたことも記されている。その絵文字には、「ここここそ、世界発祥の地なり」という宣言が読みとれる。しかも、ここは、かつてマルティィネ・コマが

「彗星のじたばた」と呼ぶ現象を観測するために天文台を建設しようとした神秘の場でもあった。このように、おれたちオンド＝ノートの民は、市庁舎の歴史を暗記しているのだ。学者は、酷暑根絶の研究がどこまで進んでいるかを群衆に向かって説明した。だが、群衆は、腹をよじって笑いながら話を聞いた。おふざけの愛撫事件のときと同じように、運命がおれたちの大動脈に悪戯をしようとあらゆることを企んでいるなどとは、おれたちは思いもしなかったのだ。

オスカル・アナは腹をたて、真っ赤になって実験所に戻り、鍵を二重にかけて閉じこもった。酷暑が鎮まるまで実験所を出ないと宣言した。下僕のマッサ・ロンガに、どんな口実があっても邪魔しないように言い渡した。実験所の器具の間の手の届くところに、ごちゃごちゃと電気コーヒー・メーカーと砂糖とミランダ・コーヒーとフィルターとスウェーデン製ビスコット数個を置いた。それは、サンバイザーとパイプとタンクと壺と細口大瓶とスキャナーグラフとハンマーと圧縮機とサーモスタットとプロジェクターとスクレーパーと巨大磁石と電線の入り混じったもの悲しい世界だった。昔の世界の埃のなか、スペイン人やオランダ人やポルトガル人がおれたちの大地に堕落の掟を押しつけようとした時代に戦って死んだ戦士たちの聖遺骨のなかで、彼は死を賭けて宣誓し、誓いをたてるのだった。

「酷暑を鎮めてみせます。できなければ、わしを生き埋めにしてくれてかまいません。神々と御先祖様、どうかお聞き入れください」

われらが民族の残骸の上にスペイン人とオランダ人が栄光を打ち立てようとするのを思い止まらせようとしてマニュ・ケゾが火炎放射器を発明しようとした頃とちょうど同じように、オスカル・アナは数日間もの思いに耽って狂気を発動させてから、難問に取りかかった。

「市長が選ばれたら、合図をよこせ」と、彼は下僕に言った。「市長が選ばれなかったら、婚礼が承認されたものと見なす」

「合図しますとも」と、マッサ・ロンガは言った。

それでオスカル・アナは、人工冷却化装置によって国の気温を下げる方法を生み出そうと、想像しうるかぎりのあらゆる手段を求めて、原子を計算し、子午線を分割し、経度を打ち砕こうと努力した。彼は何かを爆破させ、温度計を零下数度まで下げた。自ら着手した人工雨を今度は先の尖った氷の洪水に変えた。氷爆弾を発明したわけだ。

「合図しにまいりました」と、下僕が言った。「オンド＝ノート市長がたった今、選出されました。大富豪アルチュール・バノス・マヤになりました」

「分かった」と、エプシロンのジャングルとアインシュタインの公式とザパータの公理と定理の難解な藪に迷い込んでいたオスカル・アナは、ぼそりと言った。


学者は、研究所を出て婚礼の承認式に行くときも、虹の七色で汚れ、化学薬品で焼け焦げてボロボロになった青のジャンプスーツを脱がなかった。愛撫の日と同じように、みんなが腹を抱えて笑った。トンバルバイエからきた人、サオラからきた人、ゾアンドからきた人、ヨアンゴからきた人、ヌサンガ゠ノルダやオザンナやヴァルタノを離れねばならなかった人でさえ、誰もが、科学の残骸で塗りたくられたオスカル・アナを見ると、腹を抱えて笑った。オスカル・アナは、唇に笑みを湛えてオンド゠ノートの市庁舎のドアを晴々とした表情で通り越し、歯をむき出して発表した。

「やっとできた。もうこれからは沸騰した突風は吹かんぞ」

学者は、かれこれ三年間、自分の穴で過ごす刑に服していたわけだ。

バノス・マヤも、パンパンに膨れた四十六カ月のお腹を引きずりながら、市庁舎に姿を現した。司祭のエスタンゴ・ドゥマが言った。

「子供は婚礼を待って誕生するであろう」

バノス・マヤは、数年前から窮屈な婚礼用品のコルセットを身に着けていた。みんな腹を抱えて笑った。彼らは、大絶壁のほうからきた人や、オンガラからきた人、コンボ県やサンバ＝ヌドンゴ県やヌケルク県からきた人など、エスチュエール河の岸辺に点在している小柄な人々だった。みんな、九十男が、相変わらずセックスと錬金術をごたまぜにして、染みだらけの仕事着を着たまま本気になって元少女バノス・マヤを抱擁するのを見て笑い転げた。かくして、市長がオスカル・アナに末永く元少女と関係を結ぶつもりがあるかどうかを尋ねると、学者は九十男の笑みを満面に湛え、後頭部を掻きながら言った。

「勝ったのだよ、科学がな！」

「オスカル・アナ、ここは市庁舎だ」と、就任したばかりのオンド＝ノート市長が言った。

「婚礼のことを考えてくれ。科学は、明日にしよう」

「それもそうだな」と、オスカル・アナが言った。

そしてみんな、イクチオザウルスの時代から真っ直ぐ出てきたこの男が、アインシュタイン方言を交えておれたちの言葉を喋るのを聞いて、腹を抱えて笑った。だが、彼は陽気かと思うと急にめそめそし出した。じつは、彼の身体は窒素とオゾンによって死に蝕まれていたのだ。彼は、みんなのように、酒盛りをしてフォアグラやニシンダマシ・スープに舌鼓を打つような人生を過ごすのでなく、隠遁者の生き方を選んできた。チョウザメの夕マゴとパレスティナの蟹のアルコール漬けで旗飾りしたおれたちの宴会とは縁遠い人生を選んだのだった。そのオスカル・アナが、死の十二日前になってやっと恋を知っただなんて、どんなつもりだったのだろう?

「オヨ・エザリ・エテンビュ・ヤ・ファミ」と、トンバルバイエからきた、犠牲を捧げる祭司ガマール・オンバがオスカル・アナの死に際して言った。

下僕マッサ・ロンガが、すべての街路樹と街角に訃報を掲示した。赤と白の棚板には、女の手で黒く次のように書かれていた。

「オスカル・アナはたった今、魂を打ち砕きました。ちょうど妻を喜ばせようとしていたとき、死が忍び寄ってきて、『私だ、さあ行こう!』と言ったのでした」

故人の弟のエドゥアール・モンゴ・ド・ヌゲッロ・ヌデールと妹のエスティナ・アナが

未亡人を慰めた。

山と台地が、死者に弔意を表すために群れをなして降りてきた。乞食や貴人、王子や王や族長や、真珠と金で鎧ったにこやかなジプシーもきた。彼らは、山や台地から下りてきて、この酷暑に打ち勝った男、オンド＝ノートを誇りと乱痴気騒ぎと古めかしい前黙示録的な眠りのなかに再建した男の遺骸の前にひれ伏した。疲れきった群衆は、じれて苛立ち、凍った地表を踏みつけた。大混乱の最中に、フランスはかつて約束した勲章をもって現れ、受勲を発表し、勲章を未亡人に渡した。このときには、バスティーユ・フィルハーモニー・オーケストラがきて、アフォンソ・ザンガール・コンガのポリフォニックな交響曲を演奏した。昼となく夜となく、オスカル・アナの遺体の前には弔問の長い列ができた。遺体は目を大きく見開いて弔問客をじっとうかがっていた。そこで、みんなは遺体が今にもウインクするのではないかと期待した。

群衆はまた、子供の誕生を今か今かと待って、未亡人の部屋にへばりついていた。それに、死後千年ほどもウインクできるといったとんでもない発明を学者がしているのなら、その秘密も見たいと多くの者が思っていた。

学者の死後生まれた息子、オスカル・アナ・ジュニアは、のちに父親がオリヨンゴの叙情詩に触発されていたことに気づいた。この発見を利用して、オスカル・アナ・ジュニアは、永久にすべての病に免疫を生み出すことに成功した。そのため、ある朝、彼は、医者や看護婦や看護士などの熱狂的医療関係者が、玉のような汗をかき、怒りと憎しみで真っ赤になり、涎をたらし、悪魔に呪われた子にくしゃみをしながら、群れをなして家に乗り込んでくるのに出会ったのだ。

「オスカル・アナ・ジュニア、あんたは病気を撲滅して、おれたちの生活手段を召し上げてしまったんだ」と、心臓病専門医ニアア・ポルテスは叫んだ。「糞ったれ親父と同じように、お前なんか呪われればいいんだ。お前は何にも分かっておらん。おれたちは予告も交渉もないまま、仕事をまるごと奪われちまったんだぞ！」

「お前が残してくれたのは、おれたちの心臓病だけだ」と、ゴルゾラ病院長のアリス・ヨナが叫んだ。「おれたちに少し時間をくれ、転職するための猶予をくれ」

そしてパルマラ市長の技術参謀のミシェル・ドゥヴェサは大声を張り上げて怒りをぶちまけた。

「オスカル・アナ・ジュニアの糞ったれめ。お前は、おれたちから最愛の病気を取り上げて、おれたちを殺したんだよ。お前は分かってない。病気がなくなれば、おれたちが病気になるんだ」

「でも先生」と、オスカル・アナ・ジュニアが言った。「病気って残虐なものじゃないですか。ぼくたちは、進歩と良識の名において、病気の心配をしないで済むようにしたまでですよ」

「もうおしまいだ」と、神経科医のカルドソ・ロザが軽石のように顔をしかめて言った。「お前なんか、生まれてくるべきじゃなかったんだ。今日、破産がお前の手を借りて、おれたちの頭を引っ掻いたんだ。お前は、おれたちを殺し、金を殺してしまったんだ、オスカル・アナ・ジュニア」

まるで白と赤と黄と緑の作業着を着た看護婦たちの雪崩であり、アルコールやカンフルの水溶性誘導体の臭いのする怒り狂った病院長と外科医と眼科医とセラピストと歯科医と麻酔医の洪水であり、移動救急要員と付添人と薬剤師とメチレンの青に染まった実験助手たちの黙示録だった。彼らは、大声で叫び、わめきちらし、オスカル・アナ・ジュニアの母親の性器を侮辱しては、オスカル・アナ・ジュニア死ね、と叫んだ。担架運搬人や清掃婦は、アルコールとエーテルを使って激しい炎を燃え上がらせた。全員が無期限ストに入る決意だった。男も女も、全員、病気を奪い返すことを誓い合って、オスカル・アナ・ジュニアが死ぬまで、みんな、食べることも、働くことも、セックスすることも、四苦八苦することもやめようというのだ。だが、そのオスカル・アナ・ジュニアも、のちに、亡き父と同じように、コスタ＝ムエンテの人々を火のように赤くして死なせた頸部の熱で死ぬことになるが。

「ペストにやられちまえ！」と、トンバルバイエの市長であり歯医者であったパンゴ・ノラが怒鳴った。「オスカル・アナ・ジュニアは、わしらを物乞いにおとしめやがったんだ」

可哀相なオスカル・アナ・ジュニア！　おふざけの愛撫から生まれたこの息子は、今日では亡き父と同じ熱意につき動かされていた。おれたちは、この息子にキスのごたごたが起こるのを避けようと、彼を若くして結婚させようとした。だが、無駄骨だった。ジュニアは父親譲りの石頭で、すぐさま錬金術と絵文字に熱狂しはじめた。

「そんな発明は禁止するんだ！」と、ニアア・ポルテスがまた叫んだ。

オスカル・アナ・ジュニアは父親の実験所に避難した。彼は、フランス人から父がもらった勲章と父の描いた島の下絵をうっとりしてながめていた。彼は、すでに新たな狂気に浸っているようだった。彼が思い描いていたのは、五大陸を造り直すことだった。「五大陸という船団は、多数派のものであるはずだ」と、彼は考えていた。ほかにも、故人が手がけた仕事はたくさんあった。人口照明や、嵐の遠隔操作や、空飛ぶ自転車や、水から記憶を引き出す装置、鉄と花崗岩の形成を早める装置、時間に穴をあける装置、酷暑を鎮める方法、あらゆるものに対する免疫、などだ。

この間、未亡人は幸せを感じて涙を流していた。くじけることのない愛の澄みきった涙だ。

「アラーは上手に絵を描かれる」と、イスラム教徒のバン・ウラキは未亡人を見て言った。

「未亡人にしておくにはバノス・マヤは美しすぎる」

毎日のように、ナシマント・ペドロが彼女の相手をつとめにやってきた。男は、ある木曜の晩、億万長者にふさわしい飛行機でオンド＝ノートに到着した。未亡人にすっかり惚れ込んだが、告白する口をもっていなかった。はじめて告白したのは、玉虫色のクワガタムシのいる森のなか、巨大な金属製の蟹が空いっぱいになって、凄まじい音で無数のプロペラを回した日のことだった。

「億万長者どもは、スクラップがないと恋を囁けんのだな」と、判事がコメントした。

しばらくして沈黙が空に戻ったとき、ナシマント・ペドロが、おれたちの夢を打ち砕いて未亡人と結婚し、未亡人のヴェールをつけた億万長者の半円形の飛行機で、オンド＝ノートのバノス・マヤをトンバルバイエに連れ去った。

おれたちは仰天するほかなかった。

訳者解説

1　『苦悩の始まり』という小説

本書はソニー・ラブ＝タンシ Sony Labou Tansi のフランス語で書かれた小説 *Le Commencement des douleurs*（SEUIL, 1995）の全訳である。

ラブ＝タンシは一九四七年コンゴ人民共和国（現在のコンゴ共和国）のキンワンザで生まれ、七九年の処女作『一つ半の生命』を皮切りに、小説『恥ずべき状態』『反人民』『ロルサ・ロペスの七つの孤独』『火山の目』や戯曲『血の括弧』など、衝撃作を次々と発表し、仏語圏のアフリカ人作家として注目を集めていたが、九五年六月一四日エイズのためブラザヴィルで死亡した。その彼の遺作が、この『苦悩の始まり』ということになる。

処女作『一つ半の生命』（拙訳が新評論より刊行されている）も凄まじかった。のっけから、アフリカのある国の独裁者が政敵をなぶり殺しにして、その肉を政敵の肉親に食べさせるシーンだった。そしてその後も、死んだはずの政敵が幽霊となってよみがえったり、その幽霊が実の娘と交わって子供を作ったりと、奇想天外で常軌を逸したストーリーが展開して、独裁者と政敵たちの残酷極まりない戦いの様が描かれていくのだった。こうしたショッキングで暴力的なストーリーと、従来の文学のあり方を真っ向から否定する小説作法で、世界の読者を驚かせたものだ。

だが、この遺作小説『苦悩の始まり』もまた、それに劣らぬほど、凄まじい。ここに描かれるのは、儀式に従ってキスをした少女と老人が結婚をし、老人が死んで少女が再婚するまでのごたごたただの顚末である。

とはいえ、このストーリーが誰にもすんなりと理解できるような形で示されるわけではない。話は行きつ戻りつし、全体のストーリーとは無関係のエピソードが詳細に語られたりもする。いや、そもそも本書のなかでは、ストーリーはそれほど重要性をもっていないと言ってもいいだろう。その時々の文体の力とエピソードの力強さこそが、本書の魅力と言って間違いないはずである。

しかし、ストーリーが気になる人のために、少し整理すると、こういうことになる。舞台はアフリカの架空の地方オンド＝ノート。そこは、「神と悪魔に選ばれた古い歴史のある」国、世界の始源の国であって、古文書や絵文字にたくさんの予言が書かれており、これまでそうした予言は次々に実現されていた。この地方には、以前から、選ばれた老人が少女にキスするという儀式があった。キスを受けることになったのが、少女バノス・マヤ。ポルトガル人大富豪アルチュール・バノス・マヤと現地の女サラ・バノス・マヤの間の娘だった。

相手の老人として八十歳の男が選ばれることになっていたが、適当な男性が見つからない。何人かの男に白羽の矢が立てられるが、みんなが断ったり、突然死になったりで、うまくいかない。そして、ついに選ばれたのが、科学者であり、「カン」と呼ばれる古い家柄の末裔である六十男のオスカル・アナだった。

しかるに、あろうことか、キスを受けた少女バノス・マヤがオスカル・アナに恋してしまう。オスカル・アナは拒むが、少女はひたすら恋い焦がれる。恋煩いで、やつれていく。すると、神々はこの不埒なキスに怒りだし、自然を通して怒りを表明しはじめる。天変地異が次々と起こり、奇怪な出来事が続く。天に穴があいて、空が落ちそうになってくる。

少女の父アルチュール・バノス・マヤらは、娘を心配し、娘をオスカル・アナと結婚させようとする。娘の父だけでなく、国じゅうの人々が天変地異から逃れるために、オスカル・アナとバノス・マヤの婚礼を行わせようとする。

だが、オスカル・アナはそれを受け入れず、国じゅうを敵に回して戦う。彼はただただ科学者として、大西洋の真ん中に島を作り出すことに夢中になっている。

ところが、オスカル・アナも周囲からの説得に根負けして、ついに結婚を決意する。ただし、「貞操パンツ」を身につけることを条件とする。だが、その後も状況は好転しない。鍛冶屋に頼んだ貞操パンツはなかなかできない。しかも、さまざまな事故が起こって、婚礼はなされない。少女の母親サラ・バノス・マヤが事故死する。オスカル・アナの態度に怒ったらしい天が、またしても天変地異を引き起こす。しかも、かつての予言どおり、ある青年がバノス・マヤに焦がれて自ら命を絶ち、しかも、その後、亡霊となって彷徨する。あちこちで、大混乱が起こりつづける。

貞操パンツができて、やっと婚礼が行われることが決まるが、婚礼直前になって、今度はオスカル・アナの叔母で義理の母でもあるパスカル・マラも死ぬ。しかも、オスカル・アナ自身は、大西洋に島を出現させようという科学研究が全世界に認められ、世界の注目を浴びはじめる。そして宗主国フランスがオスカル・アナに勲章を授与しようと言いだす。だが、それこそ実はオスカル・アナを暗殺しようと陰謀だった。オスカル・アナは偽装の禁固刑を言い渡され、それを口実にして、フランスから命を守る。

が、ついに婚礼が行われる。そして、オスカル・アナの研究どおり新しい島が生まれ出る。だが、婚礼の前日に市長が死亡し、婚礼の最中にも神父が十字を切り方を間違えてしまう。最後まで、婚礼は呪われつづける。そして、またしても、天が怒りはじめる。今度は七十六度の酷暑が国を襲う。酷暑はせっかく生まれ出た島までも溶かしてしまう。今度は、オスカル・アナは酷暑を和らげる研究に打ち込む。そして、やっと酷暑に打ち勝ったとき、オスカル・アナは命を失う。

オスカル・アナの死後、オスカル・アナ・ジュニア（貞操パンツは役に立たなかったわけだ！）はすべての病気をなくす発明をする。一方、未亡人となったバノス・マヤは億万長者に見初められて再婚する。そこで、本書は完結する。

とはいえ、この奇想天外なストーリーにもまして読者を驚かすのは、ソニー・ラブ＝タンシの特異な語り口と文体であり、ほとんど従来の小説のあり方を全否定するかのような小説のあり方であろう。

誰もが気づく、この小説の語り口の特徴として、従来の小説にはなくてはならないはずの伏線がなく、必要不可欠なストーリー上の説明がなされないことがあげられるだろう。なぜ、キスが行われたのか、なぜ少女はオスカル・アナに恋したのか、オスカル・アナはなぜ婚礼を拒むのか、なぜそれに神が怒るのか、なぜフランスがオスカル・アナ暗殺を企てるのか、どうして民衆はそんな態度を示すのか……。いや、そもそも、何の意味があって作者はこのようなことを言いだしているのか、いったい、今何が起こっているのか……。読みながら、疑問に思うことだらけだ。しかも、そのような事件が突発的に何の前触れもなく起こるので、読者は狐につままれたような気分を味わう。いや、読み進めるうち、そんな気分も忘れて、ただただ、次々と展開される異様な言語世界に打ちのめされてしまう。

登場人物の性格も一定しない。とりわけ、主人公オスカル・アナの性格は、初めに登場したときと、後半とではかなり異なる。初めは、「まるで偏執狂のよう」な人物として登場する。が、徐々に理性的な科学者としての面が強調されるようになる。

いや、むしろ登場人物の「性格」と呼ばれるものも、あるとは言えない。主人公オスカル・アナと少女バノス・マヤにだけは、それなりの性格はあるが、それ以外の人物はほとんど性格が描き分けられていない。エスタンゴ・ドゥマ、エスティエンヌ・ファーブル、ヨンゴロ・モーリス・ヴェマなどといった人物が登場するが、それがどんな人物なのか、少しも描かれない。ただ名前と台詞が書かれているにすぎない。

性格ばかりではない。パスカル・マラは、初めはオスカル・アナの叔母として登場し、オスカル・アナとはかなりの距離があるように見えるが、そのうち義母ということになり、後半になると「母」として語られる。

要するに、近代小説では必ず一定していなければならないとされていた人物像も一定していないわけである。近代小説のある種の典型である推理小説と比較すると、この小説の反・近代的な相貌がいっそう明確になるだろう。

推理小説では、すべてが合理的に説明できなければならない。登場人物は、愚かな行為をしてはならず、自分の利益に沿った行動を取らなければならない。わざわざ自分が損になるような行動を取ったり、自分の犯行を人に明かすような行動を取ると、読者の信用を失い、推理小説として「できそこない」ということになる。もちろん、犯人には動機がなければならず、犯人のキャラクターも大きな意味をもつ。そして、もちろん伏線があちこちに張りめぐらされ、その手際のよさが小説の巧緻として評価される。

ところが、この『苦悩の始まり』では、そのようなものがほとんどない。推理小説のような理性に基づいた小説の対極にある。ストーリーに合理的な必然性はない。登場人物の性格もご都合主義的に変わり、伏線らしい伏線もなければ、ストーリーの整合性すらない。

そしてまた、この文体が凄まじい。猥褻で暴力的でエネルギーに満ちあふれた言葉があちこちで爆発している。人間を形容するときには一般には用いられないはずの形容詞が人間を修飾する、あるいは逆に人間にしか用いられないはずなのに、物体に用いられることなど、枚挙に暇がない。訳者としては恥ずかしいというべきか、見たことも聞いたこともない難解な単語が次々と現れる。何から何まで辞書を引かなければいけない。いや、それどころか、辞書をどれほど探しても出てこない単語もたくさんある。辞書にある用法を当てはめたのではまったく意味の通じないことも限りなく出てくる。よく知っているはずの表現も、われわれの知っている意味では前後に辻褄が合わないところも少なくない。

たとえば、本書の七七ページに「キンカクジ」という単語が出てくる。本文では、Kinkakujiとなっている。明らかに「金閣寺」に由来する単語と思われる。が、前後を読んでも、これがお寺を指しているとは思えない。それどころか日本のであれ何であれ、何かの建築物を意味しているとも思えない。宗教的なものを暗示しているとも、東洋的・日本的なものを示しているとも思えない。この「キンカクジ」については、われわれ日本人はすぐにぴんとくるからいいようなものの、それと同じ類と思われる未知の単語がいくつも出てくる。そうなると、お手上げというしかない。

卑猥な表現も続出する。登場人物たちは、男も女も、卑猥な言葉を吐きつづけている。が、同時に、詩的な心打つ表現も入り交じる。そうしたさまざまのレベルの表現が入り交じり、言葉たちが凄まじいエネルギーで爆発する。

そして、もう一つの、この小説の驚くべき特徴、それは、明確な時制がないということだ。ふつうの小説では基本時制として単純過去形が用いられる。そして、それよりも前の出来事を言うときには原則として大過去形が用いられることになる。そのような時制のシステムによって、読者は出来事の時間関係を認識していく。ところが、この小説の場合、基本時制が大過去形である。すなわち、そうなると、時間関係のシステムが成り立たないということになる。読み手には、どちらが先に起こったことなのか、時間的順序はどうなっているのかがつかめない。

この小説には、西洋近代の一方向的な時間がない、と言えるかもしれない。神話的な無時間が、この小説には流れている、とも言えるだろう。

では、そもそも作者は、なぜ、このような小説を書いたのだろう。なぜ、このような形態にしたのだろう。いったい、このような文学はアフリカの文学のなかでどんな意味をもつのだろうか。

少し、アフリカ文学の歴史、とりわけ、コンゴ地域の文学の歴史を振り返りながら、ソニー・ラブ＝タンシの文学的な意味を跡づけてみたい。

2 コンゴ地域の文学

まず、確認しておくべきこと、それは、アフリカ文学（一般にサハラ砂漠以南の文学をアフリカ文学と呼んで、地中海沿岸のマグレブの文学と区別している）は、ほとんどが英語か仏語を用いて書かれているということである。

もちろん、キクユ語で書きはじめたグギ・ワ・ジオンゴ（一九三八〜）のように、かつては英語や仏語で書いていたものの、後に自分の母語で書くようになった作家もいる。が、一国に多数の言語があって、母語を用いたのではそれぞれの民族のコミュニケーションもままならず、しかも一つの言語を用いる人口があまりに少ない現状では、国民の意思疎通の手段として旧宗主国の言語を公用語とみなすのはやむをえない。そして、演劇はともかく出版をともなう文学では、母語による出版はほとんど成り立たない。必然的に、英語か仏語で書物は書かれることになる。

そして、そうした状況のなか、現在、日本で知られるアフリカの近代文学のほとんどが英語圏の文学である。エイモス・チュツオーラ（一九二〇〜）の土俗的呪術的な空想小説、チヌア・アチェベ（一九三〇〜）らの政治状況を鋭くえぐる小説、グギ・ワ・ジオンゴのアフリカ人の生きかたを問いかける小説、ラ・グーマ（一九二五〜）やクネーネ（一九三〇〜）らの反アパルトヘイト小説、そしてノーベル賞で一躍有名になったショインカ（一九三四〜）のややヨーロッパ的な作品群など、ほとんどが英語で書かれたものである。

もちろん、素晴らしい文学作品は英語にも多い。とりわけ、伝承文学を受け継ぐチュツオーラの『やし酒飲み』やグギ・ワ・ジオンゴの『一粒の麦』は、二十世紀を代表する文学作品と呼ぶに値するに違いない。もっともっと多くの読者を獲得し、優れた外国文学として認識されるべきであろう。が、それにしても、フランス語で書かれたものがあまりに知られていないのは、偏ったアフリカ文学理解と言えないだろうか。

日本では、仏語圏のアフリカ文学の古典として、一九二二年にフランスのゴンクール賞を取ったルネ・マラン（一八八七～一九六〇）の『バツアラ』や、その後、黒人性（ネグリチュード）への目覚めを歌ったサンゴール（一九〇六～。後にセネガル大統領になった）とエメ・セゼール（一九一三～）の詩集がかすかに知られているくらい。戦後のアフリカ文学として知られているのも、小説『セネガルの息子』やいくつもの映画作品でも世界中に知られるセンベーヌ・ウスマン（一九二三～。センベーヌの作品は日本では片岡幸彦氏という良き理解者を持って、たくさんの翻訳がなされている）、そして、『ワングランの不思議』や『プール族の子アンクレル』で知られるアフリカのマジック・リアリズムの大家とも言えるアマドゥ・ハンパテ・バー（一九〇〇～九一。一九八四年に、すでに異色作『ワングランの不思議』を日本に紹介・翻訳した石田和巳氏に脱帽！）くらいしかいない。そして、ここに挙げたのは、いずれもセネガルやマリなど、西アフリカのいわばアフリカ社会のなかでは先進地域に住む作家たちであって、もっと貧しい地域の作家ではない。

だが、実は、中央アフリカのコンゴ地域も、優れた文学作品をたくさん生み出した土地なのである。ただ、仏語圏であるために、英語圏に比較して日本では十分に知られていない上、コンゴの文学作品は、アパルトヘイトを扱った南アフリカの小説のような直接的な政治性をもつことが少なく、その意味で、日本では注目されなかったにすぎない。

コンゴ地域という名前でここで呼ぶのは、コンゴ共和国（かつてのコンゴ人民共和国）とコンゴ民主共和国（旧ザイール。ザイールという名称を名乗ったモブツ政権が九七年に倒れて、旧名に戻った）の二国だ。この二国はコンゴ川をはさんで隣接し、フランスとベルギーという別の国の植民地になっていはいたものの、歴史的・文化的には近い関係にある。もとはといえば、共通の文化圏と言える地域だった（ただし、分かりにくいので、ここでは、「コンゴ」と「旧ザイール」という言葉を使うことにする）。

ここで簡単に、ソニー・ラブ＝タンシに至るまでのコンゴ文学のあり方、その文学史を紹介しよう。

この二国の文学を語るとき、まっさきに挙げるべきなのは、旧ザイールの一九一四年生まれのポール・ロマミ・チバンバだろう。一九四八年の『ヌガンド（鰐）』は、稚拙な構成で民話染みた色彩はぬぐいきれないとはいえ、ファンタジックな内容は深い味わい、詩的な言語にあふれ、ヨーロッパの近代文学を自分のものにした感がある。

だが、英語圏のエイモス・チュツオーラ、グギ・ワ・ジオンゴに匹敵する作家と言えば、コンゴのチカヤ・ウ・タムシだろう。アフリカの文学を現在の状況にまで高めることに果たしたチカヤ・ウ・タムシの功績は大きい。

チカヤ・ウ・タムシは、一九三一年コンゴの生まれで、一九五七年の詩集『悪い血』、一九六二年の詩集『エピトメ』もさることながら、一九八〇年代に発表した小説『ゴキブリ』『尺蛾』は、詩的で思想的なイメージにあふれており、民話的で土俗的というそれまでのアフリカ小説のイメージを払拭する。白人や支配者への抗議という直接的な内容はあまり書かれず、むしろ人間の内面を見つめ、言葉を深めようという姿勢が強い。

しかし、本当の意味でアフリカ文学がヨーロッパに匹敵する力をもつようになったのは、一九四〇年代生まれの作家たちによってと言えるのではあるまいか。便宜上、ポール・ロマミ・チバンバを第一世代、ウ・タムシやギー・マンガ（一九三五生まれ）やアンリ・ロペス（一九三七生まれ）などの一九三〇年代生まれの作家が第二世代だとすると、一九四〇年代生まれの作家、すなわち、コンゴのチシェレ・チヴェラ（一九四〇生まれ）、エマニュエル・ドンガラ（一九四一生まれ）や旧ザイールのヴンビ＝ヨカ・ムディンベ（一九四一年生まれ）は、アフリカ文学を先進国の文学のレベルにまで高めた世代だと言えるに違いない。

三七年生まれの短篇の名手アンリ・ロペスと、一九四〇年生まれの同じく短篇の名手チシェレ・チヴェラを比べると、それが明確になる。二人は三歳の差にすぎないが、文章の印象の違いはもっと大きい。ロペスの短篇「共犯」は権力に逮捕される医師を扱っているが、そちらは単に、国家転覆の共犯という無実の罪を着せられ、拷問されて自殺する医師を通して、国家権力の横暴を訴えているにすぎない。ところが、チシェレ・チヴェラの短篇「答えられる者は答えてくれ」になると、同じ医師の逮捕を扱いながら、もっと錯綜している。主人公の複雑な人間像が描かれ、黒人でありながら黒人を軽蔑するエリートの状況、そして、アフリカの人々の置かれる政治的に不条理な状況が示される。

アメリカの黒人文学では、よくリチャード・ライト（一九〇八～六〇）はまだ抗議小説にすぎず、ボールドウィン（一九二四～八七）に至って初めて普遍的な文学作品に高まったと言われるが、それと同じことが、ロペスとチシェレにも言えるのではあるまいか。ロペスではまだ、もとの宗主国への怒りやら、独立後の社会状況への抗議やらがなまのまま書かれるばかりで、人物は一面的、ストーリーも他愛がない。だが、チシェレになると、同じような主題を扱っても、人物はもっと多面的となり、語り口の工夫もみられる。

そして、そうした世代のなかでもとりわけ注目されるのが、本書の作家ソニー・ラブ＝タンシなのだ。

彼もまた、コンゴ、旧ザイールのほかの作家たちと同じように、白人支配に対する怒り、アフリカ人による独立と自治という理想、そしてそれに対する絶望、理不尽な社会への怒りと絶望を描こうとする。だが、彼がとりわけ突出しているのは、そうした怒りを従来の文学形式でなく、新しい形式で書こうとしたことだろう。

3　ソニー・ラブ゠タンシの新しい文学の試み

ラブ゠タンシの作品のなかにある従来の小説破壊の意味、それは、理路整然とした秩序正しい世界、すなわち、きわめて単純化して言えば、ヨーロッパ精神への怒りと言えるのではあるまいか。

ヨーロッパ世界にも、理路整然とした秩序正しい世界への反抗があった。一度は、一九二〇年代のシュールレアリスム運動。

一言で言えば、アンドレ・ブルトンらのシュールレアリスム運動というのは、理性的な精神にがんじがらめにされた現実の世界から人間精神を解放し、狂気や夢の非理性を復権する運動だったと言って間違いなかろう。彼らの提唱した「自動筆記（オートマティスム)」も、要するに、理性のコントロールを受けない非理性＝夢に直接に語らせようとする行為にほかならなかった。そうしたブルトンらが、後年、オセアニアやアフリカの芸術に関心をもったのは、偶然ではない。

一九五〇年代フランスのロブ＝グリエ、ビュトールらのヌーヴォー・ロマン（新しい小説）の運動もまた、ヨーロッパの近代文明のなかで制度化されてきた理路整然とした従来の近代小説にひび割れを起こそうとした試みと言っていいだろう。だからこそ、彼らは従来の小説の中心的テーマであった理性によって世界をコントロールする確固たる自我、自我によって成り立つ確固とした世界という概念を打ち壊し、同時に、人格やストーリーまでも破壊したのだった。ヌーヴォー・ロマンの最初のテキストの一つとされるロブ＝グリエの『消しゴム』が、徹底的に理性的な推理小説のパロディ（最後まで犯人の分からない推理小説）という形を取ったのも、それを明確に示している。

とはいえ、ヌーヴォー・ロマンには、ストーリーがなく、人格があいまいであるために、読みづらいという決定的な欠陥があった。そのため、たくさんの読者を獲得できず、一部の文学通のあいだでしか力をもたなかった。

そうしたなかで出現したのが、ガルシア＝マルケス（一九二八〜）やバルガス＝リョサ

（一九三六〜）らのラテン・アメリカ文学、そしてサルマン・ルシュディ（一九四七〜）のマジック・リアリズムと呼ばれる作品群だったと言えるのではなかろうか。これらの作品群は、ドラマティックでファンタジックで奇想天外なストーリーで、かつての「本当らしさ」を追い求める小説を打ち砕いた。おもしろくて、はらはらして読める小説らしい小説でありながら、ヨーロッパ流の制度にがんじがらめの小説から逃れ出ている、それが、これらの小説の最大の魅力だったと言えるだろう。だからこそ、ヌーヴォー・ロマンに洗礼を受けて従来の小説にアレルギーを感じつつヌーヴォー・ロマンの「読みづらさ」に辟易していた文学通も、マジック・リアリズム小説に惹かれたのであろう。

ラブ＝タンシの文学的な試みも、そのような歴史の上に重ね合わせるべきではなかろうか。

ラブ＝タンシは自分たちを支配し蹂躙した旧宗主国フランスの言語で書きながら、フランス語のもつ論理的、知的な構造に我慢がならなかったのだろう。理性の存在を信じることができず、したがって理性重視のヨーロッパ精神そのものに我慢がならなかったという面もあるかもしれない。また、旧支配者の言語を使わざるをえないことに我慢がならなかったという面もあるかもしれない。いずれにせよ、フランス語というきわめて知的で論理的な言語構造を解体させようと試みる。従来の形式ではない、理路整然ともしていない、矛盾と暴力と怒りに満ち、秩序を壊す反理性的な小説を書こうとする。おそらくそうすることが、アフリカで生きるラブ＝タンシにとって、生きることの意味だったのではあるまいか。

だからこそ、彼の文体には現状への怒りと絶望、そして命をかけての祈りがあふれているのである。自分たちを支配するフランスへの怒り、支配者の言語を使うしか文章によるコミュニケーションの方法をもたない現状への怒り、理性を使わざるをえない自分たちへの怒り、そうした不条理のなかで刹那的に生きる人間の愚かさへの怒り、そして人間の運命への絶望、絶望しながらの必死の祈り。そうしたものをエネルギーを込めてぶちまけた文体とでも言うべきか。

そして、そうした文体によって現出するのは、反ヨーロッパ、反近代的な世界であろう。そして、そこで露わになるのが、アフリカの反理性的で呪術的な世界観なのだ。ここでは自然は人間と照応している。人間の世界に口を出し、怒りを示し、天変地異を引き起こす。アニミズムの宇宙と言っていいだろう。

ここに示される自然と人間の照応は、日本の甘ったるいエコロジストの思い描くような平和なものではない。自然は人間へのやさしい眼差しをもっていない。人間を痛めつける理不尽で呪いに満ちた自然である。ソニー・ラブ＝タンシの描く自然と人間の照応は、呪いに満ち、魔術にあふれている。自然が原初の生命をもっている。地球が、自然が、人間が、本来のエネルギーと本来の暴力性をもっている。

4　本書の不備

ところで、この小説には大きな不備があることは認めておくべきだろう。最後になって、突然、話が急展開するのだ。オスカル・アナが死ぬのはいいとしても、突然、その息子オスカル・アナ・ジュニアまでが登場し、未亡人が再婚する。ところが、息子のエピソードも未亡人の再婚話も読者には納得のいくほどは語られない。中途半端なまま駆け足で話が語られるにすぎない。まるで粗筋だけを書いているかのようである。従来の小説を否定してきた小説にしても、これではあまりに不自然だ。

が、このようなことは、この書の執筆状況を考えれば、納得できるだろう。ソニー・ラブ＝タンシはこの書の刊行前にエイズで世を去った。おそらく、この書の執筆中、彼は自分の病気に気づいていたに違いない。この書を書きながら、死を目の当たりにしていたのだろう。いや、それどころか死が一歩一歩近づくのと競争するようにして、本書を書いていたのではあるまいか。そして、いよいよ死が近づいて、筆を急いだのだろう。

つまり、この小説の最後の部分は、おそらくは死期が近づいて筆を急いだ痕跡なのである。本書に作者の怒りと絶望と祈りが現れているのも、このような執筆事情と無関係ではあるまい。

最後に翻訳について一言付け加えさせていただく。

先ほども書いたとおり、本書は、辞書になかったり、辞書にあるとおりの語義では通じなかったりする単語や表現の連続で、まさしく翻訳者泣かせの文章だった。初めは樋口一人で翻訳を引き受けたものの、すぐにその異常な文体に音を上げ、ほとんど手つかずのまま畏友・北川正氏に助けを求めたのだった。そして、二人で繰り返し検討し、何度となく訳文に手を入れ、やっと、ここまでのものに仕上げた。われわれとしては、二人の旧友の理想的な協力関係で仕上がったと信じている。

ただ、訳者としては、この意味不明な箇所の多い本文を、できるだけ分かりやすく訳そうとしたあまり、暴力性や分かりにくさという魅力を壊してしまったのではないか、この凄まじい小説をふつうの小説に変えてしまったのではないかという危惧を捨てきれない。と同時に、頭を捻り、知恵を絞り出したつもりであるが、まだまだたくさんの不備があるかも知れぬという心配も拭いきれない。その点は、読者の判定を仰ぐのみである。

最後になったが、献身的に本書の全体に細かく目を通し、的確なアドバイスをしてくださった編集の山田洋氏に、この場を借りてお礼を申し上げる。本書がここまでの形になったのは氏のおかげである。また、見事なカバー用挿画によって本書の価値をアップさせてくれた北川夏芽さん（彼女は、見事な本文挿絵によって、今回、挿絵画家としてデビューを果たした共訳者・北川正氏の愛嬢である）にも、お礼を申し上げたい。

樋口裕一

二〇〇〇年四月一七日

訳者紹介

樋口裕一（ひぐち・ゆういち）
1951年、大分県生まれ。現代アフリカ小説の紹介を続けている。訳書にソニー・ラブ＝タンシ『一つ半の生命』（新評論）、ポール・クローデル『クローデルの天皇国滞在記』（新人物往来社）、エイモス・チュツオーラ『妖怪の森の狩人』（トレヴィル）、同『文無し男と絶叫女と罵り男の物語』（共訳、トレヴィル）、ジョルジュ・バタイユ『エロスの涙』（トレヴィル）、主著に『予備校はなぜおもしろい』（日本エディタースクール出版部）などがある。

北川　正（きたがわ・ただし）
1949年、神戸市生まれ。現在、東京家政学院大学助教授。著書に『文学と悪』（学文社）、『比較文化論』（建帛社）、訳書にギイ・カザリ『ボードレール、ゴーギャン、チャイコフスキー』（監訳、NECインターチャンネル）などがある。

苦悩の始まり

2000年5月31日　初版第1刷発行　（検印廃止）

訳　者　樋口裕一
　　　　北川　正
発行者　二瓶一郎

発行所　株式会社 新評論

〒169-0051 東京都新宿区西早稲田 3-16-28
http://www.shinhyoron.co.jp
TEL 03（3202）7391
FAX 03（3202）5832
振替 00160-1-113487

定価はカバーに表示してあります
落丁・乱丁本はお取り替えします

装　幀　山田英春
印　刷　新栄堂
製　本　協栄製本

ISBN4-7948-0489-X　C0097

加藤　薫

ニューメキシコ

A5 312頁
3200円
ISBN4-7948-0387-7
〔98〕

【第四世界の多元文化】異なった文化が交感しあう米国ニューメキシコ州のさまざまな魅力を人と歴史と自然を捉えて重層的に描く，初のサウスウエスト・ガイド。図版資料充実。

J.A.サブロフ／青山和夫訳

新しい考古学と古代マヤ文明

A5 256頁
3500円
ISBN4-7948-0424-5
〔98〕

【ロマンの世界を科学的に解明！】人類学の基本である比較研究を重視し，より客観的で「科学的な」学問の構築をめざす「新しい考古学」の世界。付録・現代主要マヤ学者事典。

土方美雄

アンコールへの長い道

四六　320頁
2500円
ISBN4-7948-0448-2
〔99〕

【ちょっと知的な世界遺産への旅】何故それほどまでに人はアンコール・ワット遺跡に惹かれるのか。内戦に翻弄されるカンボジアの人々の「現在」とその「歴史」の重みを伝える。

安達紀子

モスクワ狂詩曲《ラプソディ》

四六　432頁
2500円
ISBN4-7948-0214-5
〔94〕

【ロシアの人びとへのまなざし　1986-1992】「激動期のロシアは人間同士が触れ合うことのできる国だった。」市民の側から初めて描かれた新しいロシアの肖像。珠玉の長編随筆！

安達紀子

モスクワ綺想曲

四六　256頁
2200円
ISBN4-7948-0433-4
〔98〕

【ロシアの中のモスクワ，モスクワの中のロシア】珠玉の記録文学『モスクワ狂詩曲』の続編。生活，政治，経済，文化，芸術，恋愛──1994-98年、新しいロシアの美しい素顔。

表示の価格は全て消費税抜きの価格です。